PASSAGER CLANDESTIN

Malé MAJA

À Court-Jet Prod…

Créée en 2005, Court-Jet Prod est une maison indépendante

qui propose plus de 100 courts-métrages décalés, farfelus, enthousiastes,

à la fois créatifs et ironiques, parfois philosophes, qui s'amusent des sujets de « Société »

comme le réchauffement climatique, la parité, le crédit social, la politique, l'I.A...

Tome I

Roman Auto-climat-graphique.
« Nulla Dies Sine linea », telle est ma devise.

J'écris pour l'inconnu qui est en moi et une poignée d'élus qui ont vécu, aimé et écrit.

Je la connais bien, elle ne connaît rien
Cette personne c'est moi
Surtout à l'heure des choix
Je ne sais être serein

Certitudes inexpugnables
Lorsque la décision se cristallise
Je m'enlise
Par crainte du regrettable

Aujourd'hui j'agis !

Aujourd'hui j'agis par l'écriture. Je suis un auteur par amusement. À la différence des forçats de l'écriture comme Hugo ou Balzac, je n'ai pas d'encre à la place du sang. Quelques idées, une fiction, pour mettre en cohérence les actualités dans un des futurs possibles.

Les écrivains du classicisme de la cour de Louis XIV auraient pu aider mais ici l'écriture n'est pas réglementée. Vous ne trouverez aucune sobriété contrairement au genre théâtral car aucune vraisemblance et bienséance ne me rapprochera de la clarté ou de la juste mesure dans ce roman.
Fantaisie fait loi !

Ou alors s'agit-il d'une mise en abîme du parcours de ma vie dans un futur… teinté de noir. C'est bien une litote qui vient de résonner dans votre pensée. Ce livre n'est pas une utopie.

À la manière de Montaigne, je suis moi-même la matière de cette science-fiction qui danse dans un futur chaotique sous la coupe de la règle des trois unités d'Aristote.

En ce qui nous concerne, un voyage de vingt-quatre heures en automobile.

Avant d'ouvrir pour de bon ce roman Auto-climat-graphique, je me dois de vous en dire davantage sur ma personne. Car un écrivain qui se livre, c'est un peu comme un canard qui se confie…

Comme La Fontaine, sans être dans le pastiche, je m'inspire de mes illustres prédécesseurs. Dans mon cas du XVIe au XXe en particulier, mais pas seulement.

Enfin, je ne sais pas si j'ai raison d'oser qualifier mes sources. Cela pourrait faire de moi un prétentieux tellement j'ai le syndrome de l'imposteur lorsque je m'imagine écrivain. Finalement qu'importe. Je m'assume.

Alors je disais, comme La Fontaine je m'inspire de mes prédécesseurs pour transformer leur matière selon le principe « *Diversité c'est ma devise* ». Pour autant je ne transforme pas la prose en vers. J'utilise davantage leur génie comme des marches pour monter l'histoire qui va suivre.

J'aime aussi m'inspirer de Phèdre et ses apologues pour plaire et instruire à la fois. Ce qui me rend moins esclave de mon ignorance.

Enfin pour la beauté de la métaphore, car bien entendu les talents ici n'ont rien à se dire tellement ils sont distants, je suis un Beethoven de l'écriture. Bien incapable de me lire correctement à voix haute, je reste sourd à l'écriture de mes notes.

Partie I – Avant 2025

Chapitre I - *N'ayant rien à dire*

Parait-il que Shakespeare disait, à moins que ce ne soit son épouse, qu'il est préférable d'être maître de ses silences plutôt qu'esclave de ses mots. Avec ce qui suit je suis devenu maître en qualité d'esclave, n'ayant plus aucun mot à ajouter. Ce qui fait de moi un maître n'est-ce pas ?!

Eh bien non en effet car pour être maître de ses silences mon père vous dira qu'il faut avoir quelque chose à dire.

N'ayant rien à dire, je suis donc libre de vous raconter ce qui suit au risque de devoir l'assumer. Ma vie, la vraie, celle qui est ancrée, et non encrée par Gutenberg, dans mon esprit. Un livre qui déborde à n'en pas douter de fantasmes, d'inventions et de sensibilités. C'est ma nature vue au travers d'un tempérament. Je ne suis pas un photographe, qu'importe le réel.

Bien que j'écrive comme Edward aux mains d'argent, je me lance avec vous dans un imaginaire farfelu en commençant étonnamment par le chapitre II.

Chapitre II - *Le Je… u. La folie ?*

Il y a ce rapport aux lettres qui renvoie mécaniquement au passé. Ces lettres qui par leur existence souvent tordue, déformée, trahissent l'esprit de celui qui tenait le stylo, la plume et maintenant pour les plus doués les touches.

Les lettres sont trop belles pour rassurer celui qui les pose. Elles font peur car renvoient dans, au mieux l'imaginaire, forcément fruit d'un esprit interdit, au mieux dans le passé, au pire dans les méandres abyssaux de l'esprit.

C'est peut-être grâce à l'altérité que l'on devient soi-même. Aucun gène ne prépare un destin. C'est notre vie qui nous façonne. Notre vie ne ressemble à rien, ni à rien d'autre qu'à nous-même.

Simone de Beauvoir disait oser l'incroyable aventure d'être soi-même.

Alors sans gêne j'ai engagé, épousé, sans effort, le destin d'un mari amoureux.

Alors sans gêne je me force, sans effort, le destin d'auteur.

Incartade qui me projette dans un monde qui m'attend... J'ai hâte... celui de l'écriture !

Le début d'un roman... une idée... et pourquoi pas ? Cela ne sera pas le premier.

Finalement moi romancier pour de vrai ? La bonne blague ! Un fiasco ? Un futur possible.

Trop de questions n'est-ce pas. Allons à l'essentiel. Je m'autoproclame passager clandestin du talent des auteurs.

Vian, Cervantes, O'Hanlon, Houellebecq et les autres me voilà. Et maintenant que je suis des vôtres, je déclare officiellement que l'émotion ouvre cette nouvelle aventure.

L'écriture romancée de mon autobiographie déposée sur un imaginaire entre le « *je* » et le « *jeu* ».

Écrire des histoires, des aventures pour ironiser dans un humour décalé sur ce que je suis en mesure de comprendre. C'est mon dada. C'est ma façon de me distraire, de jouer. N'a-t-on pas l'âge de nos idées ?

Refuser les années devient alors tout naturellement un jeu d'enfant.

Contrairement à Rousseau, je ne peux pas dire de cette autobiographie qu'elle forme une entreprise qui n'eut jamais d'exemple. Bien que ce soient mes confessions climatiques, je n'ai cependant nul besoin de me justifier ou paraître comme le meilleur expert.

Un peu comme Gaston pour son premier jour au journal, je ne sais pas encore ce que je fais là, ici. Je déambule dans les quatre coins de cette page pour trouver l'issue. Non pas celle de m'en sortir. Non bien entendu. J'y suis heureux.

Ce n'est pas la sortie mais bien le sens que ces lettres donneront à ma prochaine phrase qui me font flâner sur votre écran, votre bouquin. Trouver les mots pour vous faire sourire.

Toi, lectrice, lecteur, je suis entré dans ce bazar que forme l'esprit, ton esprit. Je suis bien. J'y suis bien.

Oui je suis bien car je peux constater que c'est autant le souk que dans cette boîte crânienne qui est mienne. Enfin si Bashung nous l'autorise car parfois la nuit je mens !

Et paf cela revient. Sans pouvoir ou vouloir l'expliquer, je suis tenu de vous parler du « *je* ». Nous sommes bien dans une autobiographie n'est-ce pas !?

Oui ! Je ne sais faire que ça. Jouer. Être moi-même c'est jouer. Je ne pense qu'à ça. Je ne sais faire que ça. Une fuite pour m'enfuir d'un monde en guerre, malade et submergé par l'inexorable extinction de masse de l'empathie humaine.

Oui je ne sais faire que ça, jouer. Ce qui agace. J'en conviens.

Alors voilà je me présente... "Je m'appelle Henri"... ahahahah... non... non et non... c'est naze, super naze. Qu'importe mon prénom. D'ailleurs qui se cache derrière Malé MAJA ? Un homme ou une femme ? Malé n'est pas genré. C'est un nom de plume comme un autre. Avec son histoire. Je m'en détache totalement. Le comble pour écrire une autobiographie me direz-vous.

Je vous l'ai dit plus haut. Vous ne trouverez aucune sobriété, aucune vraisemblance ni bienséance ne me rapprochera de la clarté ou de la juste mesure dans ce roman.

Fantaisie fait loi !

Je suis l'aîné et porte celui du dernier. Mais cela n'a aucune importance. Je suis surtout curieux, surtout fasciné par la créativité. Un jour peut-être je pourrai te montrer mon travail. Celui qui invite aujourd'hui mes proches et les autres à se détourner, pouffer, avaler la chique des mots voyous pour ne pas exprimer le fond de leur pensée.

Et c'est peu dire car même les plantes de mon appartement se meurent du désastre que dégage mon travail créatif.

Le jeu c'est tenter d'échapper à la réalité. Le jeu est peut-être mon pire ennemi. Le jeu est mon pire ennemi. Il fait pire que me décrédibiliser. Oui qu'importe le ridicule. Non le jeu fait de moi l'idiot du village. Celui que l'on évite car peu fréquentable. Peut-être même fou. Différent.

Et toi tu es... et toi tu es une délivrance... mon bateau ivre
Une lettre à un inconnu pour magie
La joie de se sentir vivre, d'être vrai, soi
Inconnu sans soldat, dans un hymne à la vie
Non je ne t'aime pas encore, sauf si c'est toi

Le jeu embellit un peu tout comme la matrice dans Matrix. Mais la réalité est tenace, têtue.

Le quotidien est là à me regarder fixement quand je quitte la table des joueurs.

Écrire pour toi, pour vous, éternellement, c'est un souhait si le bouquin fait résonner vos émotions. S'il offre sans raison rationnelle un écho au chant de la mer. Celle qui m'attend avec mon épouse.

Pour comprendre la métaphore et en dire davantage, je suis un petit marin du dimanche aux rêves de la tombe de l'inspirateur du Bono. Comme sur cette page, prisonnier de mes rêves et sans être sous un palmier dévoré par les graffitis de l'admiration.

Au début de la longue route, toujours à l'ancre, j'use alors ces feuillets pour m'évader. Et un jour je te rencontrerai, ou pas de préférence. Finalement mieux « encré » à mon chevalet pour te peindre en poésie.

L'inventeur de la psychanalyse expliquait, paraît-il, que le contraire du jeu n'est pas le sérieux. L'antonyme de sérieux étant l'égrillard, l'audacieux. Le jeu n'est-il donc pas libre, osé ?

Oui parlons de moi. De mon actualité. De ce que je vois, de ce que je fais. Tenant la plume, cela devrait être simple et me donner les notes des mots pour les lignes de portée des pages à venir.

Pourtant jouer c'est accepter la convention d'un monde imaginaire. Un paradigme qui se conforme à des règles et/ou à des situations irréelles.

Le Graal étant de jouer en perdant le sentiment de jouer.

Chapitre III - *Avant le début de l'histoire*

J'ai le poison dans mes veines. Il ne me reste qu'un paquet d'heures avant de perdre la vie, de gagner la mort.

Certes, je ne perds pas tout mais étonnamment, contre nature, cette fois je ne joue pas !

Chapitre IV - *Une histoire commence en dent de scie*

Nous sommes en 2050. C'est un dimanche soir. Je suis mon personnage qui répond au prénom de François. J'ai 75 ans. Déjà !

Par excès d'humanité et d'empathie j'ai perdu mon leadership. Je suis une victime des plus radicaux des activistes du climat. Je suis aux portes de la mort. Je dois me rendre à Belfast pour y retrouver Sophia.

Sophia m'a contacté un peu plus tôt dans la journée pour me sauver la vie. C'était vers 19 heures. L'échange était solaire. Il s'est déroulé de la façon suivante.

Mon téléphone sonne. C'est un numéro inconnu. Je décroche.

Allo !

Sophia répond.

Bonjour François, c'est Sophia. Je n'ai que peu de temps. Je ne veux pas que le Mouvement V trace mon appel pour me retrouver.

Moi

Comment ça ? Tu es une activiste du Mouvement V. Je ne comprends pas.

Sophia

Laisse tomber. Je suis une repentie. On m'a prévenue que tu as bu l'eau empoisonnée. J'ai ce qu'il te faut. J'ai l'antidote. Rejoins-moi d'ici demain soir à Belfast. Avant que le poison ne te tue. Je te rappellerai demain pour te donner le détail des instructions.

Moi

Mais Sophia, comment veux-tu que je fasse ? Je n'ai qu'une vieille voiture thermique totalement interdite de nos jours et qui ne fonctionne pas de toutes les façons. Et qui t'a prévenue ?

Sophia

Pas le temps pour les bavardages. Va au rond-point à la sortie de ta rue et fais du stop. Débrouille-toi pour sauver ta peau. À demain.

Je ne sais pas comment elle a su que j'ai avalé l'eau empoisonnée. Je n'ai plus aucun contact avec elle depuis 3 ou 4 ans.

Elle me demande de la rejoindre d'ici demain soir à Belfast pour me donner l'antidote. Mais voilà je suis à Lyon. Nous sommes sous couvert de confinement climatique. Et de toutes les façons il est interdit de voyager. Enfin, chaque citoyen a le droit à un voyage de 24 heures dans sa vie. Un seul et unique voyage pour limiter les émissions de carbone. Le mien est déjà fait.

Pourtant, étant à l'article de la mort je n'ai pas vraiment le choix que d'enfreindre les règles. Rien de pire ne peut m'arriver que d'attendre ici le destin que mon épouse Claire a visiblement laissé écrire. Sans rien faire pour me sauver. Elle savait pour cette eau empoisonnée. Enfin je crois. Parce que la certitude me répugne ici.

J'ai tout juste le temps d'arriver à Belfast si je pars maintenant avec ma vieille voiture thermique et des litres et des litres d'essence clandestine dans le coffre à la façon de Mad Max. Réussir mon entreprise sera digne des exploits de Mel Gibson car le Mouvement V et ses brigades veillent au grain avec un permis de tuer. Ma voiture thermique, totalement hors la loi, risque fort d'attirer leur attention.

Mais voilà ma voiture ne démarre pas. La mécanique des vieux moteurs thermiques n'est pas de mon ressort. Moi mécanicien, c'est un oxymore. Et puis de toutes les façons je n'ai aucune chance d'y arriver seul.

Sans espoir, avec la douceur d'un rêve, j'attends que le petit prince vienne me demander un dessin. Avoir un prétexte pour me détourner de ma tâche. En vain. Personne ne vient et pourtant j'ai plus d'un millier de kilomètres à parcourir.

Je m'agace à vouloir faire démarrer ce moteur alors que je suis tout bonnement incompétent. Je ne sais rien réparer. Ou alors, je veux bien être de ceux qui réparent les mots, les assemblent pour en faire des phrases, des chapitres, des romans. Ceux qui ont, les veinards, pour outils les syntaxes, les adverbes, les conjugaisons.

Moi, la tête sous le capot je ne trouve pas les mots. J'ai des clefs de huit, des tournevis et des marteaux. Ou alors la langue verte quand mes écrous me tiennent tête.

Mes mots sont en vadrouille. Ils sont perdus sans collier. Ce qui n'aide pas pour écrire. Ou bien façon mécano avec des taches d'huile grasses à l'orthographe approximative. Surtout quand je m'imagine en sniper des lettres pour écrire un livre, ce livre, qui m'emmènerait sur le chemin des créateurs de roses.

En jouant on joue à oublier la réalité de ce qui existe au risque de sombrer dans le délire. On vit l'irréel en sacrifiant l'attention portée au réel. Mais alors pourquoi le jeu n'est-il pas libre ? Quel est le contraire de jeu ?

Nous sommes toujours en 2050 et ma voiture thermique illégale ne démarre pas. Je n'ai pas le confort d'être en avance sur le temps qui passe. Je vais finir par être en retard avec ma vie. Je vais me reposer quelques heures. Demain avant l'aube j'irai au rond-point dont parlait Sophia pour provoquer une chance improbable et aller de Lyon à Belfast en stop en moins de 24 heures.

Je vais prendre le risque de me faire coincer par les rondes des gardiens du noir, par les brigades vertes à la botte de l'intelligence artificielle IA 42.

J'ai peu de chances. Pour ne pas dire aucune chance ? Le stop est de nos jours un délit passible de plusieurs années d'emprisonnement. La fameuse taxe carbone universelle sur la mobilité de tout un chacun a stoppé net bien des espaces de liberté. Depuis l'instauration de cette taxe le monde a basculé dans un nouveau paradigme. La fin brutale du libre choix de chacun, en son âme et conscience, au crédit de l'engagement citoyen pour le collectif. L'individualisme et le déni ont imposé un ordre mondial avec des restrictions allant au-delà des idées les plus folles, des dictatures les plus dures. Le crédit social à la chinoise des années 2030 n'était qu'une interprétation simpliste du contrôle exacerbé des individus actuellement en vigueur.

Faire du stop est reconnu comme un chemin détourné pour ne pas payer la taxe liée à sa propre mobilité. Plus personne, ou presque ne veut prendre le risque d'avoir un passager clandestin à bord de son véhicule.

Sommes-nous dans un jeu ? Sans aucun doute.

Tout a commencé le 4 octobre 2021 avec l'annonce officielle par le Comité d'Organisation des Jeux Olympiques d'Asie du choix de l'Arabie Saoudite pour les jeux d'hiver 2029. Oui cette date a marqué le début de la dictature verte que nous connaissons aujourd'hui. Cette annonce folle est bien le big bang du nouvel ordre mondial. La genèse de l'influence et du pouvoir des générations qui n'ont plus supporté ni accepté qu'une minorité sans exemplarité ne compromette leur avenir immédiat.

Cette annonce avait fait voler en éclat la clef de voûte de toutes les démarches volontaires. Le sens du sacrifice individuel, pour pallier la folie d'une minorité écervelée sur les questions des enjeux climatiques, avait laissé place à la colère. Une colère noire. Aucun politique, aucune entreprise, personne ne montrait suffisamment l'exemple pour trouver une issue douce au problème du réchauffement planétaire.

Dans ce roman, je crée ma propre réalité. Mais heureusement une réalité imaginaire. Ce qui donne les cordes à cette harpe (la voyez-vous ?) pour chanter une mélodie qui je l'espère s'achèvera heureuse. Nous verrons bien.

Ce roman pour me faire croire que ce foutu bazar qui me tient peut, pour le temps d'un battement de vos cils, détourner votre attention.

Être vu par votre âme et animer l'imaginaire le plus audacieux pour vous distraire.

Il doit être midi en Europe, quelque chose comme cela, lorsque j'apprends la nouvelle ce mois d'octobre 2021. Au début je prends la chose comme un calembour. Un coup de plus des lanceurs d'alerte climatique, des écologistes professionnels de la collapsologie.

À cette époque les réseaux débordaient de « fake news ». L'opinion commençait à prendre conscience de la dimension prédictive des rapports du GIEC. Mais sans s'imposer aucune contrainte. Les assiettes continuaient de se remplir de steaks au bilan carbone catastrophique, les adolescents ne juraient que par Netflix, les vacances au ski étaient un must. Neige artificielle ou pas.

Le réchauffement climatique était un sujet de discussion. Rien de sérieux à l'échelle de l'individu qui se retranchait dans le confort de l'argumentaire de la liberté des choix individuels. Certains arguaient aussi de l'infinie petitesse de leur propre impact sur le problème systémique du réchauffement de la planète.

Le caractère restrictif des injonctions ne faisait que pschitt. Au mieux il était possible de déceler une forme de gêne dans les regards, de fuite pour éluder le sujet lorsque certains étaient placés devant leurs propres contradictions. Cela a duré jusqu'à la mort de Sari en 2039 et l'instauration de la dictature verte qui a suivi.

J'ai lu des écrits d'érudits qui lisaient des philosophes contemporains. Ils affirmaient que le jeu est danger lorsqu'il n'est plus un espace de fiction ouvert par notre imagination et qu'il se confond avec la réalité.

Je suis donc à l'abri derrière cette page.
Protégé de vous.

Si je me prénomme François, cela ne doit rien au hasard. Je tiens son nom de l'admiration que portait mon père au personnage de Barjavel dans Ravage. Uniquement cela. Car pour le reste je suis un citadin gauche discret sans autre ambition que de jouir de la vie sans impacter celle des autres. Tous les autres. Mes contemporains, la faune, la flore, la planète tout entière.

Mais me diriez-vous, je vous vois venir, que d'autres philosophes, plus anciens, ont parlé de la capacité de la fiction de se substituer à la réalité au point de la supprimer. Et donc mon interprétation en vient à conclure que la fiction l'emporte, que le jeu gagne, que la réalité est la fiction.

Qu'il n'y a donc plus de danger. Je ne suis plus l'aîné qui porte le prénom du dernier. Je suis bien François le fils de René. Car oui l'auteur que je connais aussi bien que moi s'appelle Benjamin.

La nouvelle de cette farce du Conseil Olympique d'Asie n'était pas un scoop absurde de plus comme celui de la coupe du monde de football au Qatar. C'était bien davantage pour moi qui venais d'éteindre la flammette de l'espoir de constater et de participer à une prise de conscience mondialisée sur le sujet du réchauffement climatique.

Cette nouvelle était celle de trop. Pas pour rejoindre Greta mais pour devenir acteur de ma propre adaptation au monde inéluctable que l'humanité se préparait plus ou moins à subir.

L'idée était simple. C'était celle de mon épouse Claire. Elle était devenue éco-anxieuse et voulait entrer dans le militantisme. C'était avant qu'elle ne devienne solastalgique. Puis d'être éco-paralysée jusqu'en 2039 avant de se radicaliser complètement en rencontrant Sophia en 2045.

Au départ le plan n'était pas d'imposer une dictature climatique au détriment de certaines libertés pour conserver la liberté de vivre. Progressivement, Claire voulait imposer par la force de ses convictions et la force des faibles des actions qui étaient à l'époque méprisées dans le for intérieur des forts et des puissants.

C'était peut-être ça l'idée de vivre ses rêves pour qu'ils ne soient plus des rêves justement.

Impossible de me reposer, de dormir. Me voilà en chemin pour le décor bitumeux et jaune paille du rond-point en bas de chez moi. J'ai abandonné mes outils. La mécanique n'est définitivement pas mon dada. Pas plus que le cheval d'ailleurs. Alors c'est bien à pied et le pouce en l'air que j'entreprends depuis Lyon de parcourir les plus de 1 600 kilomètres qui me séparent de Sophia.

J'ai confiance en ma bonne étoile. Et si j'échoue dans mon entreprise, je trouverai un abri créatif. Je serai alors hors de portée des rondes des brigades vertes pour finir de crever.

Vivre les fictions pour que le vrai devienne fiction.

Cette marche stimule ma mémoire. Je me refais les scènes marquantes de mon existence. La situation dramatique dans laquelle je me situe me renvoie à la première rencontre entre mon épouse Claire et la très jeune Sophia. C'était lors d'un atelier militant. C'était en 2045 pratiquement au premier jour de la guerre. Oui je me rappelle comme si c'était hier. J'entends leurs voix. Si la scène devait être rejouée, elle serait la suivante dans notre présent.
Sophia et Claire se disaient ceci...

Bonjour, je suis Sophia. Je suis irlandaise d'où mon accent. Enfin, ce n'est pas exactement mon prénom, Sophia. C'est un prénom d'emprunt. Celui que je veux me donner pour partir en guerre contre les racines du mal. Les racines du dérèglement climatique. Je serai demain la sagesse.

Claire en réponse à Sophia.

Bonjour Sophia donc je suis Claire. Et là-bas de dos, c'est mon mari François. Je suis certain qu'il nous écoute. Il pourrait se retourner pour te saluer. Nous sommes les organisateurs de la manifestation. J'imagine que tu viens pour débattre ?

Sophia prend un temps de pause. Ses yeux s'humidifient. Son visage se tord. D'une voix dure et calme elle répond.

Oui, je viens pour débattre. Et vous ne serez pas déçus car je suis déterminée à changer le monde. Je suis une femme subversive par l'expérience de ma vie.

Claire reprend la parole.

Tu sembles bien jeune Sophia pour avoir déjà tant de volonté, de hargne, de haine. Que t'est-il arrivé de si tragique ?

Sophia

Claire, je n'ai en effet que 15 ans. Depuis la mort de Sari en 2039 et l'instauration de la dictature verte, j'ai eu plus de temps que nécessaire pour comprendre les échecs successifs de la période utopique.

Quand je pense qu'à cette époque, fin des années 20 et pendant les années 30, les soi-disant adultes aux commandes des grandes décisions ne se préoccupaient que de leurs armements, de mener des guerres régionales, de détricoter les normes vertueuses au nom du pouvoir d'achat et de la paix sociale, de dépenser des milliards pour envoyer un humain sur mars...

Claire écoute avec attention et répond.

Je comprends ta colère Sophia. J'ai moi aussi bien des regrets et me pose beaucoup de questions du haut de mes 70 ans.

Sophia s'emporte.

Des regrets ! Tu appelles cela des regrets ! Nous sommes à l'aube d'une guerre comme seule solution pour échapper au pire des conséquences du réchauffement climatique. Et vois-tu, je suis venue ici pour vous expliquer à tous que la sagesse va se résoudre à l'idée qu'il faut éliminer, supprimer, abattre, tuer 9 milliards d'âmes pour avoir une chance. Si mince soit-elle. Il faut que la population mondiale redevienne ce qu'elle était au XIXe siècle. Il ne faut pas dépasser le milliard d'humain sur terre pour stabiliser et inverser les phénomènes liés aux émissions de carbone.

Claire est choquée par les propos de Sophia mais ne s'intéresse pas à la contradiction. Au contraire elle répond.

Sophia, penses-tu que c'est la seule solution ? Sache que sans être à ton extrême, en tous les cas pour le moment, je suis moi aussi dans une forme de radicalité sur ce sujet. Cela s'est accentué ces deux dernières années depuis la naissance de mes petits-enfants. Comprends-tu la force d'aimer, de tenir à sa famille, de tenir à quelqu'un ? D'ailleurs as-tu quelqu'un à qui tu tiens tout particulièrement pour comprendre ce dont je te parle ?

Sophia semble se décrisper avant de répondre.

Oui, non… Dans le métavers, j'ai fait une rencontre qui n'est pas comme les autres. L'avatar d'un jeune homme de mon âge, né d'une mère irlandaise et qui vit en Italie. Je ne sais pas pourquoi. L'Irlande peut-être…. Mais Claire tu me fais m'égarer de l'objet de ma présence ici.

Je me rappelle me retourner à ce moment-là et voir ma femme Claire prendre avec une attention particulière le bras de Sophia pour la conduire dans la salle prévue pour les débats. Il me semble avoir entendu Claire dire à Sophia : « *Sophia, toutes les deux nous allons faire équipe et sauver ceux qui le méritent.* »

Voilà ce souvenir bien présent qui me reste à l'esprit. Voilà cette rencontre, il y a 5 ans déjà qui a précipité mes chances de vivre la fin de cette semaine, pour ne pas dire la journée qui s'ouvrira après-demain.

J'approche du rond-point. Les rues sont vides du fait du confinement climatique. Mes chances de trouver une voiture électrique égarée sont quasi nulles. Peut-être qu'au mieux verrai-je une trottinette gravitationnelle qui pourrait me pousser à l'autoroute.

Mon plan est simple. Me positionner au rond-point en me cachant des patrouilles des brigades vertes.

Je sais que dans ce coin, il y a les nouveaux délinquants qui, pour quelques billets, sont prêts à prendre le risque d'embarquer un autostoppeur. Me voilà au point stratégique. J'ai une sorte de pancarte et des biftons en poche.

Je stresse. J'aurais dû picoler pour m'éviter cette tension. J'ai préféré éviter l'apoplexie de cochon pour rester lucide et garder une chance de survivre.

De combien d'illusions est capable le cœur humain ?

Dans les années 2020 je me suis posé mille questions pour dessiner les contours de mon projet. Faut-il imposer une dictature verte par le peuple ? Comment faire prendre conscience au peuple des enjeux du réchauffement climatique ? Comment expliquer ? Comment convaincre ? Comment renforcer les injonctions tout en trouvant l'adhésion ? Comment changer les mentalités, les comportements ?

Aurélien Barrau parlait de mettre des philosophes à la tête des États à la place des politiques et des ingénieurs. Comment rendre ce choix une évidence ? Comment réussir cette révolution politique, poétique et philosophique ?

Sommes-nous tous des Don Quichotte ? Le réel n'a-t-il jamais lieu ?

Un matin d'hiver 2022 avec Claire, nous avons eu une idée. Il faut bien commencer par le commencement. Vivant à Paris nous avions décidé de nous rendre dans un lieu emblématique de l'Éducation nationale.

C'est à la sortie des cours de la Sorbonne que nous avons installé un petit stand d'une simplicité épurée, banale. Une planche de bois sur deux tréteaux. Un chapeau rempli de petites coupures de papiers. Un écriteau pendu sur un porte-manteau. Une ardoise sur laquelle la craie disait ceci : « *Venez débattre sur les enjeux du réchauffement climatique.* »

Le principe était simple. Dans le chapeau nous avions déposé une bonne vingtaine de questions. Des questions qui méritent un débat pour y répondre. Des questions où le pour avait autant à argumenter que le contre. Des questions pour réfléchir sur ses propres convictions sur la question du climat.

Que les rêves restent rêves. Ce qui n'empêche pas de nous battre avec, au sens allié, pour infléchir le réel et honorer Simone Veil.

Vivre l'aventure.

Assez rapidement des étudiants nous avaient rejoints. Surtout par curiosité. Puis pour participer. Le chapeau faisait son office et les mains du hasard piochaient toutes sortes de questions.

La protection du climat passera-t-elle nécessairement par la mise en place de dictature ? La sobriété peut-elle être désirable ? Le réchauffement climatique est-il une réalité scientifique ? Peut-il exister une égalité écologique, la science peut-elle satisfaire notre besoin de vérité ?...

Des équipes se formèrent pour débattre. Certains filmaient et postaient les débats. Avec Claire, au fil des jours, nous avions constaté le succès de la formule. Nous étions entourés de personnes motivées comme nous pour étendre la démarche à d'autres universités, écoles, à la société civile.

Avec ce nouveau collectif, nous avions professionnalisé notre approche et créé un mouvement. Nous avions débattu dans de plus en plus de lieux publics pour pénétrer la conscience collective. Les questions et les débats associés avaient créé une forme d'émulation citoyenne qui dépassait les partis politiques, les thinktanks ou autres instances traditionnelles pour, comme à l'époque des gilets jaunes, donner naissance à un mouvement populaire.

Et puis pour faire une histoire longue courte, par l'évidence de manque de changements concrets, j'ai abandonné. Claire non. Elle s'est radicalisée. Incapable d'atténuer sa colère et ses peurs.

Voilà maintenant plusieurs minutes que j'attends mon transport illégal pour retrouver Sophia. Je décide d'appeler mon épouse Claire. Le téléphone sonne de longues minutes. Claire ne répond pas. Évidemment qu'elle ne répond pas. Le répondeur s'enclenche. Je laisse un message. J'ai besoin de parler pour évacuer ma colère.

Claire, c'est François. J'imagine que tu as bien trop honte de ce que tu m'as fait pour ne pas me répondre. Oui Claire, tu es la responsable pour le Mouvement V de la Région Lyonnaise depuis 2048, depuis le début de la solution finale. Tu étais forcément au courant que les brigades vertes allaient injecter le poison dans le réseau d'eau potable de la ville. Pourquoi ne m'as-tu rien dit pour me prévenir, pour me protéger ? Je suis ton mari ! Merde !

Sophia t'a fait vriller, 9 milliards de morts ou rien. C'était bien cela votre idée ?! Et pourtant Sophia… bref… laisse tomber. Cela ne te regarde pas finalement.

Avec toi et tes amis du Mouvement V vous menez une politique de la barbarie. C'est bien pire que lors de la Deuxième Guerre mondiale qui était déjà pire.

Les évènements se reproduisent. L'histoire se répète. Elle béguée pour dire que tu es un monstre. Oui Claire, tu n'as rien fait pour me sauver au nom de ce que je qualifie de folie pour soi-disant protéger nos petits-enfants. Nos petits-enfants qui au passage ont aussi besoin de leur grand-père.

Oui évidemment que tu as honte.

Le réchauffement s'accroît désormais à un rythme de 0,75°C par décennie. Le collectif t'échappe ici. Le vivre ensemble, tu comprends ce terme ? Je crains que non. Tu es guidée par les algorithmes de IA 42 qui te donnent à penser ce qui te séduit.

Avec toi c'est la fin de la démocratie comme modèle de société à suivre. Tu crois aux dictateurs éclairés comme seule issue pour notre civilisation.

Mais tu vois bien que nous sommes bientôt à 9 milliards de morts.

Claire, je t'aime. Avec toi je ne pensais pas m'être amouraché d'une latrine. Bien au contraire.

Pourquoi m'as-tu mis dans cette situation ? Je suis au bord de la mort par ta faute. Je dois trouver une solution rapidement. J'ai…

Le répondeur arrête l'enregistrement soudainement en laissant le message suivant : « *Le répondeur de votre correspondant est plein, veuillez rappeler ultérieurement.* »

L'humanité et la terre forment un couple comme les autres. La résilience du climat permet de fêter leurs noces au travers des siècles. Avec moi, vous allez voyager en poésie entre 2025 et 2050 pour que ce jeu autobiographique laisse un désir d'espoir pour les noces futures.

Souhaitez-vous connaître la suite de mon aventure ? Je suis l'agitateur convaincu et engagé pour la lutte contre le dérèglement climatique, devenu militant arracheur d'âmes désabusées, Vian ayant déjà pris les cœurs, pour influencer sans détour les trois leviers de l'équation de Yoichi Kaya.

Militant naturaliste et rêveur, aujourd'hui par faiblesse humaine, passager clandestin obligé de me cacher.

Qui suis-je ? Le François de Barjavel, de Rabelais ? Probablement pour une part d'illusion. La somme des deux.

Chapitre V – *Utopie*

Stop ! Arrêtons de divaguer. Revenons à cette date. Octobre 2021. L'événement déclencheur, la pomme de la discorde, l'origine de la guerre. Cette fois pas pour la belle Hélène mais pour la survie de l'espèce humaine tout entière.

La nouvelle est toujours la même. Le Conseil Olympique d'Asie annonce son choix de l'Arabie Saoudite dans la plus grande indifférence collective.

Finalement, dans un passé qui correspond davantage aux priorités de mes contemporains, le monde se contrefiche des incidences climatiques d'une telle décision.

Il est acté, par les meilleurs modèles prospectifs, que la courbe du PIB mondiale va bientôt se décorréler de celle de la consommation des énergies fossiles.

Les innovations foisonnent, l'énergie su soleil sera bientôt sur terre, les investissements sont débridés.

Partie II – 2025 – 2039

La rencontre en utopie & décadence

Chapitre I - *Lundi 20 juin 2050 ; 4h30 du matin*

Au sommet des jours, je suis aux aguets. À la différence des contestataires en 2018, je me fais le plus discret possible sur ce rond-point. Déjà que mes jours sont comptés, et ce depuis le premier, je ne veux pas prendre le risque de croiser une brigade verte. Leur capital sympathie ayant fané depuis longtemps.

Nous sommes encore un jour de confinement climatique. Trop chaud pour être dehors. Nous suffoquons tous dès 9 h du matin.

Comme il y a 30 ans, à l'époque du COVID, le Mouvement V a instauré des catégories essentielles et non essentielles. Cela m'a toujours effaré d'ailleurs de me dire que depuis 30 années, je ne suis pas essentiel alors que j'ai été une des fourmis ouvrières pour financer le pays. Par le fruit de ma besogne j'ai payé ces gens qui me classent dans l'inutile.

Le mot paradoxe qui s'amuse à faire le grand écart peut-être ?

La chaleur est écrasante alors qu'il n'est que l'heure du petit jour. La nuit n'a rien rendu du brasier solaire. La fraîcheur ne sait plus où se situe Lyon sur la carte. Mes 75 ans printemps compliquent les capacités de régulation thermique de ma vieille carcasse.

Il faudrait avoir le pouvoir d'Adam Driver dans Megalopolis de Coppola. Demander à mère la terre d'arrêter de tourner pour ne pas redevenir poussières d'étoiles. Arrêter le naufrage du temps.

Le reflet de mon image dans la vitre d'une voiture abandonnée sur la chaussée me rappelle à l'évidence l'impact ravageur et inexorable du temps sur mon corps. Rides et cheveux blancs en bataille, la tête d'Einstein sans le cerveau. Et pourtant j'en ai passé des heures à résoudre des équations de physique quantique. Finalement qu'importe. Au moins, dépourvu de l'intelligence d'Oppenheimer, je n'ai pas inventé, ni contribué, à la folie.

La dernière guerre comme ils l'appelaient, de 2045 et 2048 peut le remercier, celui-là. C'est sûr que les fous du Mouvement V ont gagné du temps avec les déclinaisons de cette bombe. Six milliards de morts pour réguler le climat.

Et fichtre, cela n'a pas suffi !

La lassitude des uns à ne plus donner de sens au massacre a accentué la folie du Mouvement V. Me voilà maintenant empoisonné. Et peut-être même par ma propre épouse. À défaut d'être directement responsable, Claire ne m'a pas alerté du danger. Je ne lui en veux pas vraiment. Je n'ai plus le temps pour la colère et encore moins celui de la courbe du deuil. Ce changement de situation m'a précipité dans le pragmatisme de l'urgence.

Sacrifié pour sauver une minorité qui devra tout réinventer. J'espère que mon prénom me prédestine à être des derniers. Je m'appelle François, et c'est bien François dans Ravage de Barjavel qui est témoin des prémices du monde d'après. Nous verrons bien. Et surtout je ne sais pas encore s'il faut laisser l'humanité réinventer la machine à vapeur.

Six milliards de morts et cela n'a donc pas suffi. Le Mouvement V avec ses brigades vertes a voulu finir le travail en empoisonnant à grande échelle l'eau du robinet. Nous sommes maintenant proches des 9 milliards de morts sur les 10 milliards que nous étions. Il me faut l'antidote.

Ma voiture est en rade et dans le contexte de la fin de l'autorisation de voyager, je dois trouver une belle âme pour me conduire à Sophia. Je ne la connais pas vraiment, cette Sophia. Elle était, et peut-être encore d'ailleurs, une grande amie de mon épouse. C'est visiblement maintenant une ancienne activiste du Mouvement V.

Elle a été de ceux qui ont manigancé afin de soutenir les guerriers pour tuer les 6 premiers milliards d'êtres humains au nom du climat. Aujourd'hui, je sais simplement que c'est une repentie. Je ne sais pas ce qu'elle regrette. Et d'ailleurs qu'importe. Elle est aujourd'hui ma seule chance. Les membres du

Mouvement V ne sont pas fous. Avant d'empoisonner l'eau de toute la planète, ils avaient préparé un antidote.

Sophia était une nouvelle Greta. Il me semble qu'elle est née en 2030. Elle a pris très rapidement des responsabilités au sein du Mouvement V. Enfin je ne sais pas de qui elle était la marionnette. Ce qui fait d'elle aujourd'hui une des rares personnes à avoir accès aux stocks des antidotes.

C'est bien de le savoir. Maintenant je dois aller à sa rencontre. Et ce n'est pas la porte à côté. Sophia s'est établie à Belfast. Elle m'a dit de ne pas traîner si je veux survivre. L'effet du poison est rapide. Je n'ai que 24 h pour m'injecter le produit. Il faut que j'aille à Belfast. Demain matin à 4 h, il sera probablement trop tard.

Même avec mes 75 bougies, je n'ai pas le temps de mourir. Je veux apporter mon supplément d'âme dans les décisions qui façonneront le futur. Surtout je veux vivre.

Oui il faut que je trouve une solution pour aller à Belfast. Sophia devrait me rappeler pour les détails du rendez-vous.

Il est 5 h du matin. Je dois être fou pour croire qu'une voiture va me prendre en stop et m'emmener à Belfast en moins de 24 heures. Surtout que le stop est strictement interdit. Je me demande d'ailleurs qui a eu cette idée au sein du Mouvement V.

Il faudra que je demande à Sophia. Ce qui est certain, c'est que le CO2 est devenu la peste. La décision a été prise de le taxer par tous les moyens. Mais voilà ! Celui qui fait du stop n'est pas traçable et donc pas taxable. C'est un passager clandestin de la mobilité. Le stop est donc devenu interdit en dépit du bon sens !

J'ai le sentiment que nous avons déjà pris un degré depuis que suis là, dans ma plaque, à guetter une paire de phares LED. S'il ne me reste, tout au plus, que 24 heures ici en ce bas monde. Pourquoi ne pas en profiter autrement ? C'est vrai que l'idée de faire 1 682 km enfermé dans une voiture avec un inconnu, via un tunnel pour l'Angleterre puis un second tunnel pour la République d'Irlande, n'est pas la plus belle des fins que je puisse me souhaiter. Mon instinct me dicte de le faire.

C'est déjà une bonne chose que le tunnel entre l'Angleterre et l'Irlande existe. En ferry je n'aurais pas tenu le délai des 24 heures. Je peux dire merci à la réunification de l'Irlande. C'était à l'époque, vers 2038 me semble-t-il, une condition nécessaire pour percer sous le canal Saint George de la mer d'Irlande entre Fishguard et Rosslare. C'était d'ailleurs une des dernières grandes décisions politiques progressistes à l'échelle mondiale, 117 ans après l'indépendance d'une grande partie Sud de l'île Irlandaise.

J'ai surtout la force de l'espoir. Ce même espoir qui a quitté les membres du Mouvement V pour faire des ravages.

Je suis planqué sous ma tempête de cheveux blancs. J'attends. En mettant la main dans poche droite de mon pantalon, aux poches profondes et larges, je constate que j'ai oublié de ranger un de mes outils. Je suis parti avec un de mes tournevis. Jusqu'au bout pitre de la mécanique. Piètre mécano même dans le rangement du matériel. Mais qui sait ? Peut-être que cet oubli aura son importance. Le hasard existe-t-il vraiment ? Je le garde précieusement. Au moins pour me distraire.

Une voiture arrive. Je me frotte les yeux. Je ne rêve pas. Il y a bien des phares allumés. Je ne sais pas quoi faire. Comment savoir si cette voiture est une alliée ? Qui est au volant ? Un membre du Mouvement V ? Un repenti ? Un résistant ? Personne car c'est une voiture autonome évidemment ! Reste qu'il y a bien une personne à l'intérieur. Je distingue une ombre, une silhouette.

Soit cette personne fait partie des brigades vertes, soit elle fait le voyage de sa vie. Car oui depuis 2039, le Mouvement V a imposé à tout être humain de ne pas faire plus d'un voyage dans sa vie. Qu'importe le mode de transport. Et depuis 2048, un seul voyage qui doit tenir dans 24 h au maximum pour l'aller-retour ou l'aller simple sans retour. Rien de plus.

Au début, certains ont tenté de tricher et puis la décision a été prise de les fusiller tout simplement. Depuis, rares sont ceux qui trichent. Mais là, moi, je n'ai pas le choix. Je suis face à une question de vie ou de mort. C'est le moins que je puisse dire. Je ne serai même plus vivant pour me rendre dos au mur sur le peloton d'exécution. Sauf à boire l'antidote dans les délais pour être plus vivant qu'aujourd'hui.

Le voyage de ma vie, je l'ai fait en 2038 avec mon épouse. Avant qu'elle ne devienne totalement habitée par son extrémisme vert. Sa radicalité sur les questions climatiques lui est venue peu de temps après, à la naissance des petits-enfants. Il y en a 7 !

Nous étions allés dans l'espace. Enfin presque car nous étions sous les quatre-vingt-dix kilomètres tout de même. Plus exactement dans la stratosphère. Un voyage hors de prix qui nous a donné la chance de voir la courbure de la terre. Nous avions gagné ce voyage à la loterie dans le plus grand des hasards. Cela restera une autre histoire.

La courbure de la terre reste un souvenir présent. Un souvenir qui me hante à vrai dire. Vivre cette aventure nous avait donné toute conscience du ridicule de notre civilisation. La terre, arche à la dérive dans un univers sans fin. Impossible de comprendre pour un cerveau dit cartésien. Qu'importe les extinctions de masse, l'arche dérive sous les boucles de feu du soleil. Ce même soleil qui fera dans quelques milliards d'années un remake de l'été meurtrier.

Nous n'avions pas hésité longtemps avec Claire mon épouse. Pourtant déjà pétris de convictions sur les enjeux du réchauffement climatique. Mais cela était avant la naissance des petits-enfants. Et puis comment résister à autant de tentations ? Comme ne pas accepter d'avoir la folle idée de faire tourner la terre avec ses mains comme on peut faire tourner les boules du boulier ?

Nous avions touché la limite de tous nos raisonnements. Nous avions été rattrapés par la part d'humanité qui est en nous. Celle qui rappelle que la vie est une chance, un cadeau. Le collectif n'arrive pas à réguler par le simple fait d'être dans l'intérêt commun. Soit il y a un sniper en joue qui nous colle la lumière entre les yeux, soit la tentation l'emporte. Ce jour-là il n'y avait pas d'homme armé dans les parages. Nous avions pris ce cadeau de la loterie en contradiction avec nos valeurs sincères pour réaliser le rêve de tous que pratiquement personne ne peut réaliser. En tous cas pas de son vivant. Qu'importe l'horizon de l'âme après le décès.

Me voilà donc face au véritable voyage de ma vie. Celui qui danse avec le sens même du mot vivant. Dommage de devoir attendre d'atteindre cette extrémité pour comprendre pleinement sa chance. Nous ne sommes pas assez lucides au quotidien pour comprendre l'essentiel. Le tourbillon de la vie, celui de Jules et Jim peut-être, mais surtout d'autres, auront eu raison du pragmatisme salvateur qui guide les plus résistants finalement.

Face au voyage de ma vie, je ne sais même pas quel bouquin emmener avec moi. Cervantes, Rabelais, Vian, Barjavel pourquoi pas. Je m'explique uniquement ce vide par l'idée que les pages des heures qui viennent restent à être écrites. Montaigne disait que pour accepter sa fin, le philosophe doit en apprivoiser l'idée. Je ne suis pas philosophe, je veux continuer d'écrire sans utiliser un ton élégiaque.

La voiture se rapproche à l'évidence. Je suis toujours dans ma planque. Ce rond-point a connu le dérèglement climatique comme les autres. Sans être dans le Sahel, nous ne sommes pas loin du descriptif de ce qu'est le désert. Un désert. Pourtant ce rond-point a bien une âme. L'âme d'une émotion. Le voir transporte un imaginaire farfelu. Une forme de fiction à s'imaginer comment il a bien pu être il y a vingt-cinq ans ? Qui sait si ma planque n'était pas un ruisseau ? Oui un ruisseau. Car aujourd'hui, c'est un rectangle de béton pour évacuer les eaux pluvieuses dévastatrices. Ici les caniveaux n'ont rien à envier à ceux des Antilles.

La voiture ne cesse de progresser dans ma direction. Il faut que je me décide à prendre ma chance, servir mon bonheur. Je dois aller vers mon risque. Cette voiture ne peut être que la bonne. Elle me conduira à Belfast. Je le veux !

Je prends mon souffle. Le bruit des pneus sur l'asphalte se fait de plus en plus criant. Mon attention est telle que j'entends les graviers jazzer dans les rainures. Comment savoir ? Qui peut bien conduire cette voiture. Qui a eu l'autorisation ? Est-il lui aussi un clandestin ? Et pourquoi lui maintenant ? Le fruit du hasard ? Un mauvais tour de l'Intelligence artificielle ? Un mauvais tour d'IA 42 ?

Mince je dois prendre une décision. Et vite ? Il n'y a pas grand monde qui passe. Au pire je meurs dans 2 h sans procès, sinon demain par le procès du poison. Je dois me débusquer. Le pire n'étant jamais certain… je sors… je m'offre à l'avenir optimiste.

Je bondis de ma planque en poussant fort sur mes pattes. Me voilà comme un lapin pris dans les phares. Je n'ai pas manqué de toupet. L'ordinateur n'a pas d'autre choix que de détourner son véhicule et de piler. Étant le seul être humain dans les parages, l'ordinateur de bord n'a aucune question existentielle à se poser pour savoir qui écraser. Il se doit de m'éviter !

Et je dois bien avouer heureusement que je suis seul. La voiture ayant accès à mon téléphone portable et donc accès à mon crédit social. Il ne valait mieux pas qu'elle ait un choix. J'aurais été, sans l'ombre d'un doute, celui à sacrifier. Mais bref, ce n'est pas le cas. Je suis bien vivant et la voiture est arrêtée tout proche de moi. Cette fois j'en suis bel et bien rendu au point où tout se cristallise. Le premier contact avec un inconnu pour qu'il me sauve la vie.

Je transpire déjà comme jamais. Rien à voir avec mes vieux os. J'ai tout simplement chaud. Trop chaud pour être parfaitement lucide. Mais qu'importe. J'engage le premier pas en direction du véhicule.

Je distingue la silhouette qui se relève du dossier. Probablement que la personne dormait. L'arrêt brutal de sa voiture l'a évidemment réveillé.

Une lumière bleue cercle la voiture, comme pour la protéger. C'est une lumière bleue aux teintes des néons discos. Un son de vagues numériques s'ajoute au décor comme pour effrayer davantage. La voiture ne vole pas encore. « Blade Runner » reste toujours une fiction. Pour autant, un système de protection s'active et me demande de décliner mon identité avant de faire un pas de plus au risque d'une décharge électrique. Je suis tétanisé. J'avais tout simplement oublié ce détail de l'histoire.

Que faire ? Parler, reculer, fuir, attendre ? Avec mes 75 balais, je n'ai plus la force de frère Jean et aucune truie géante pour me cacher. Je dois rester sur mes gardes. Et puis, de toutes les façons, je ne suis pas dans une parodie des romans de chevalerie écrite par un pourceau d'Épicure. Une fenêtre s'ouvre.

Le temps s'arrête. J'espère que l'occupant n'est pas un de ceux de l'île des Andouilles. De longues secondes s'écoulent. Le thermomètre prend encore un degré. Je me décide à parler.

Bonjour !

Le temps poursuit ses étirements. Le silence danse. Mon cerveau commence à regretter son saut de lapin. Suis-je devant un chasseur d'une des brigades vertes ? Vais-je me faire tirer comme un lapin ? Pourtant je ne suis pas à la Garenne-Colombes. Claire pourquoi m'as-tu fait cela ! Pourquoi m'as-tu assassiné pour les causes génocidaires du Mouvement

V ? Maintenant je commence à avoir peur. Une réponse sort de la fenêtre du véhicule.

Please come closer.

Je ne vois pas de visage. C'est une voix d'homme. La voix d'un jeune homme plus précisément. Un type qui ne connaît pas la poésie latine du XVIe siècle pour sûr. Il a un fort accent. Déjà que je ne pipe rien à l'anglais, cela ne va pas aider.

Don't be afraid !

La peur fait turbiner ma mémoire. Maintenant c'est sûr, ce type a bien un accent et une voix d'acteur. Il me fait penser à celle de Liam Neeson dans Michael Collins. Ou alors c'est le but et le contexte de mon voyage qui me ramène à un Irlandais révolutionnaire. Je dois répondre.

Bonjour, je suis François.

Yes ! I know you are French! What do you want ?

Je m'approche de la voiture. Il faut que j'arrive à déchiffrer ce que me dit cet homme. Je rentre dans la zone bleue. Une alarme se déclenche.

Stop idiot! Step back or you will get a choc.

Je m'exécute.

Fool, now for sure I will get a control from the Green Brigade!

Je ne sais pas quoi faire car je sens bien que le type est agacé mais je ne sais pas de quoi il cause précisément. Subitement la lumière bleue tourne rouge. Un message en italien aboie des mots qui n'ont rien à voir avec la recette des pizzas ou des glaces.

Fuck man. Now the car is bloc until one of the fucking drone comes and check what happen! Go back to your hideout.

Je stresse de plus en plus. Surtout que la température n'arrange rien au contexte. La couleur rouge, l'italien énervé, l'accent au couteau d'un jeune homme qui ne parle pas comme les Londoniens. Londoniens que je ne comprends pas non plus de toutes les façons. Il ne me reste plus qu'à attendre quelques secondes pour arriver au stade de la panique.

Go back NOW !

Je ne vois toujours pas le visage de cet homme dont le prénom me reste inconnu. Cependant sa main elle, elle est bien sortie de l'habitacle et me montre la direction de ma cachette. Je comprends ce qui est attendu de moi. Je cours et plonge dans la rigole antillaise comme pour y marquer un essai.

Plus rien ne bouge. La voiture est immobile cerclée de rouge. Les vagues numériques sont devenues un bruit de fond métallique couvert par une voix électrique qui débite je ne sais quoi en italien. Soudainement le ciel s'illumine. C'est au sens propre une rencontre avec un troisième type !

Chapitre II - *Lundi 20 juin 2050 ; 5h00 du matin*

Le drone se positionne au niveau de ce que j'appelais jadis « *la fenêtre conducteur* ». Un cône de lumière flashe le véhicule. Je ne reconnais pas la voiture. C'est j'imagine encore un nouveau modèle, ou bien même une nouvelle marque chinoise. C'est un drone imposant qui n'est pas sans rappeler ceux du film de 2013 « Oblivion ». Le drone se met à communiquer.

Veuillez décliner votre identité.

Je ne distingue toujours pas la personne dans l'habitacle de la voiture. La question du drone me fait sourire sachant que le conducteur semble avoir de la peine avec la langue de Jean-Baptiste. Je ne pense pas que Ronsard l'aurait sélectionné parmi les sept membres de la Pléiade, ou alors au risque de faire chuter la constellation plus basse que terre. Une voix sort du véhicule.

Sorry, can you translate what you expect from me ?

Le drone réagit.

Please provide your identity in your language. I will translate live for my remote operator.

Le conducteur parle et je constate que le drone traduit ses propos. Ce qui me permet de suivre l'échange. Mais surtout cela m'indique qu'il se joue une scène importante. Les drones n'ont pas d'opérateur pour les contrôles de routine. D'usage, leurs systèmes d'intelligence artificielle gèrent sans difficulté la diversité linguistique de la planète. Le fait qu'un humain, sonorement francophone, de la brigade verte soit dans la partie est une indication sur l'importance de la personne qui se trouve dans l'habitacle. C'est peut-être une personne recherchée ou alors une personnalité. Qu'importe à ce stade de mon projet de quitter ce rond-point pour Belfast, pour Sophia et son antidote, pour me garder en vie.

Connaissez-vous l'idéal courtois du Moyen Âge ? Bref ! Bonjour, j'ai la fureur de vivre. Je m'appelle Dean Langasco.

L'intelligence artificielle du drone ne réagit pas à la boutade. Il poursuit son interrogatoire.

Pourquoi l'alarme de détection de présence s'est-elle déclenchée ?

Cette fois je stresse vraiment. Ce fameux Dean va-t-il me dénoncer et faire valdinguer ma vie ? Je n'ai plus le cœur tendre de jouvenceau. L'attaque cardiaque n'est pas à exclure ici.

Dean répond avec une forme d'irrévérence.

Pourquoi devrais-je répondre à la brigade verte ?

Ouf ! Il ne me dénonce pas. Il s'emble même avoir une affinité avec la résistance. En tous les cas une forme d'assurance.

Le drone se rapproche de la fenêtre et change de couleur en passant du blanc au rouge. Ce qui ne fait pas de lui un caméléon.

Répondez à la question maintenant ou je vous immobilise pour l'interrogatoire Moulin.

Dean se décide à coopérer sans répondre à brûle-pourpoint.

C'était un lapin. Oui un lapin semble-t-il.

Le drone revient dans sa couleur blanche. Il n'est pas encore bleu pour le laisser-passer.

D'où venez-vous ? Où allez-vous ?

Je viens de Milan. Je vais à Belfast.

Cette nouvelle me pousse pratiquement à sortir de mon trou pour sauter dans la voiture et démarrer. Comment un tel hasard est-il possible ? La loterie ne donne pas plus de chance. Il est bien rare de gagner deux fois ! Y-a-il un coup de l'intelligence artificielle derrière cette coïncidence heureuse ? Bien que je déteste les certitudes et que seul compte le doute, la recherche et la pensée en mouvement, j'aurais bien aimé connaître les réponses à ces questions. Qu'importe, pour l'instant présent, Dean est l'homme de la situation qui pourra ma sauver la vie. Et puis je sais maintenant pourquoi la voiture cause l'italien. Ce qui ouvre une nouvelle question. Pourquoi Dean parle-t-il en anglais en machant les mots ?

Le drone ne réagit pas. Il semble prendre le temps de faire des vérifications.

Monsieur Langasco, en effet je confirme que vous avez eu l'autorisation hier soir à 20 heures de prendre ce véhicule pour l'unique voyage de votre vie. C'est bien aujourd'hui.

Je me demande comment cueillir sa jeunesse avec de telles contraintes. Cette loi planétaire est folle. Un seul voyage autorisé dans une vie, dans une voiture électrique prêtée pour l'occasion et maintenant sur 24 heures seulement. Sans parler du délai de 4 heures pour se préparer dans le cas du voyage de Dean. Étonnant d'ailleurs, 4 heures pour tout décider. Et vu la distance pour tout quitter. Ce voyage ne peut être que sans retour.

L'intelligence artificielle du drone s'exprime à nouveau.

Avant de vous rendre la main sur le véhicule, merci de confirmer l'objet de votre voyage.

Je vais décidément tout savoir grâce à ce drone traducteur ! C'est encore mieux que l'oracle de la dive bouteille. Pas besoin de vin pour connaître la vérité. Un bon vieux drone espion suffit !

Dean répond.

Je suis sur la carte du tendre et du pèlerinage. Après des années d'échanges dans le métavers je suis sur le chemin pour enfin rencontrer ma promise Sonia qui se trouve à Belfast. Hasard des coïncidences, Belfast est aussi la ville natale de ma mère qui s'est exilée à Milan il y a 25 ans. Voilà, maintenant que vous savez tout, laissez-moi partir. J'ai déjà perdu assez temps autour de Lyon.

Le drone passe au bleu. Les cercles qui entourent la voiture font de même. Le drone quitte le théâtre de la scène qui vient de se dérouler sous mes yeux. Que va faire Dean maintenant ? Pourquoi y avait-il un opérateur à distance pour gérer cette situation de prime abord banale ?

Chapitre III - *Lundi 20 juin 2050 – 5h15 du matin*

Il fait encore un degré de plus. Le temps passe et le poison opère sans nul doute. Je me dois d'agir sur le champ.

À la manière de la fable d'Esope dans le « Vieillard et la mort », si je convoque la mort, c'est bien pour porter mon fardeau. Un point c'est tout ! « Plus tard il sera trop tard. Notre vie c'est maintenant » disait Jacques Prévert. Je ne risque pas de finir comme Madame Poquelin en mourant de quatre médecins et de deux apothicaires ! Je dois me prendre en main pour me soigner.

Je me lance à nouveau en direction du véhicule. Cette voiture chinoise parlant italien et conduite par un certain Dean anglophone.

Dean toujours de l'intérieur de l'habitacle de la voiture m'interpelle.

Hey man! Wait! Fucking hell! You are not going to make it again!

La force de la voix de Dean m'arrête brusquement. Je n'ai évidemment rien compris. Qu'importe. Je sens bien que je ne suis pas dans le vrai en m'approchant à nouveau de la voiture.

Soudainement les cercles bleus de la voiture et le son associé cessent. La porte s'ouvre. Je découvre un jeune homme d'une vingtaine d'années sortir du véhicule. Il est brun aux cheveux courts, mince et d'une taille moyenne.

J'ai peur de ce que la suite des événements me réserve. J'essaye de me persuader d'être le plus fort du monde. Mais je suis bien Matamore en ayant même peur de mon ombre.

Dean m'adresse à nouveau la parole.

Lucky guy! It was as close as that!

Évidemment je ne pige rien. Ce qui est un problème certes mais me rassure sur la cohérence du fonctionnement de mon cerveau. Je lui réponds.

Thank you!

Dean fronce d'un coup les sourcils et me regarde avec fureur.

Hey man! What the fuck! Why are you telling me fuck you!!! Fuck yourself!

Dean tourne les talons et retourne en direction de son véhicule. Je sens bien qu'une fois de plus je suis à côté de la plaque. Il faut que je réagisse et vite.

À chacun ses ténèbres. Les miens n'ont rien à voir avec l'obscurantisme des religions. Pour autant la perspective, non pas de mourir, mais bien d'arrêter de vivre dans 23 heures tout au plus, accapare la belle part des ténèbres. Je ne sais pas si l'espoir est la lumière de la raison. Je sens pourtant un vent de liberté m'envelopper qui me donne le courage d'assumer des décisions instinctives sans analyse des conséquences possibles.

Je me précipite vers Dean et le prends fermement par les poignets. Dean se fige mais ne se débat pas. Je plonge mon regard dans le sien pour qu'il puisse lire ma détresse et ma sincérité dans le fond de mes yeux. Les déformations de mon cœur se reproduisent sur la forme de mes lèvres. Le souffle de mes poumons laisse sortir les notes que composent les mots de mon âme.

Dean, je t'en supplie. Donne-moi une chance de m'en sortir. Oui donne-moi une chance que je devienne philosophe pour détruire les préjugés et vulgariser les savoirs d'une vie sans l'intelligence artificielle. D'une vie sobre.

Oui Dean laisse-moi vivre pour que je puisse écrire les mémoires d'un personnage fictif « *François* », moi ! Laisse-moi le temps d'écrire une fiction effrayante sur ce que couve l'intelligence artificielle et la folie humaine depuis vingt-cinq ans. Ne laisse pas l'assassin des âmes gagner la partie au profit des machines dénudées d'âmes qui ne peuvent par essence pas comprendre notre douleur.

Dean se dégage. Il n'a certainement rien compris de mes propos. Je ne m'attends pas à ce qu'il me réponde : « *Pourquoi pas ! Diderot a bien sa satire sur les mémoires d'un personnage fictif au couvant !* » Pour autant il a forcément perçu que je suis sincère. Je n'ai lâché aucun mot qui ne sorte du cœur.

Il a lu dans ce qui relie les êtres humains au-delà des mots que je me sens investi d'une mission. Mes expressions corporelles montrent certainement que le temps me presse. Il voit bien que j'ai besoin de lui…

Instinctivement il me fait signe de monter dans la voiture. C'est gagné. L'impensable, il y a encore peu, vient de se produire. Je suis heureux. J'ai ce que j'espérais encore en me levant ce matin.

Nous sommes maintenant tout deux installés confortablement dans le véhicule, l'un en face de l'autre. Dean faisant dos à la route. Je le vois s'exciter sur des fils électriques. Il finit par en arracher un. Il me regarde pour me dire :

I have to cut these wires. This is the system for detecting the number of passengers in the car. Since you are not registered with Movement V, you are a stowaway. And I don't really want to see this green brigade drone again.

Je ne comprends pas les mots. Je comprends les actes. Cela me rappelle Cicéron qui nous a laissé que plus l'effondrement d'un empire est proche, plus les lois sont folles. Et le gars était né en cent six avant J.-C.

Je hausse les épaules tellement je suis démuni. Dean esquisse un sourire. C'est le premier qui illumine son visage. Comme pour dire qu'il acte définitivement que nous n'arriverons décidément pas à communiquer. Il me fait penser au petit Prince. Il est même mon petit Prince.

La voiture démarre. Nous voilà en route pour Belfast.

Chapitre IV - *Lundi 20 juin 2050 – 6h00 du matin*

La voiture avance dans une allure parfaitement régulée par les systèmes autonomes qui prennent en compte toutes les contraintes légales et non prévisibles de notre environnement. Dean n’a rien dit.

Hemingway et d’autres disaient qu’il fallait cinquante ans pour apprendre à se taire. Pourtant sans même la langue de Shakespeare, je préfère rester sur ce que j’ai appris en deux ans, depuis 2048 et la solution finale. Je suis bon à peindre la pluie en couleurs pour me distraire. Et là je ne suis pas dans la distraction au sens de Pascal.

Et pourtant qui délivre le mot délivre la pensée. Qu’importe !

Ne pouvant pas communiquer et voulant rire plus que sombrer dans l’angoisse d’une mort probable et proche, je m’invente pour me distraire un salon précieux où les mots se substituent en périphrases. Enfin j’essaye…

Apportez-moi le conseiller des grâces que je me repoudre les écluses du cerveau et tente un échange. Mais Madame Lafayette n’est pas là pour la réplique, ni aucune femme d’ailleurs. Dean ayant tous les attributs d’un mâle. Enfin ceux visibles pour le moins. Ce n’est donc pas aujourd’hui que je vais rencontrer ma mort sur un bouton de rose !

Bref tout ceci est ridicule ! Une forme de pensée divergente. Dean ne comprend rien certes et bien que je sois confortablement installé dans les commodités de la conversation, de là à vouloir briller dans la conversation avec un langage châtié. Cela manque cruellement d'esprit dans le cas présent du choc des langues.

J'arrête cette tentative de distraction ridicule. La situation est grave et je n'arriverai pas à noyer le poisson dans l'eau.

La voiture roule en direction de Belfast et ce hasard de destination m'étonne. Je me demande finalement si le hasard existe ou s'il a été provoqué. Et pour quelles bonnes ou mauvaises raisons ?

Il fait jour. Je ne ressens plus la température extérieure. Ce qui me retire une part de fatigue, de mollesse. Favorise la méditation. Surtout que Dean s'est assoupi puis endormi. Je l'imagine rêver à sa promise. Le but de son voyage. Sonia à n'en pas douter doit être une grande reine de qui les charmes s'assujettissent tous les cœurs.

En parlant de cœur, le cœur fonctionne par intuition, la raison par démonstration. Le cœur ayant ses raisons que la raison ne connaît pas. Alors tout est possible. Même croire à des forces surnaturelles, des miracles, des extases mystiques. C'est bien un miracle d'être dans cette voiture qui me conduit exactement on je veux. À Belfast pour rencontrer Sophia. Un miracle ou alors peut-être tout simplement un mauvais coup de l'intelligence artificielle. Un piège ?

Comment contrôler l'intelligence artificielle et ses pouvoirs qui nous dépassent ? C'est bien « *l'Hélène de l'humanité* » qui tourne autour sans parvenir à résoudre l'énigme.

La route est monotone dans un environnement grillé par le soleil et le niveau de stress hydrique classé rouge écarlate dans la région. Il n'y a pas d'étoile visible mais un point lumineux persiste dans le ciel. Je ne sais pas de quoi il peut bien s'agir…

Mon œil se trouve attiré par l'horloge qui indique 6h43. L'heure de l'émission clandestine sur le canal Lourdes. J'appuie sur le bouton qui semble être celui de la radio. Dean se réveille en sursaut mais ne fait rien pour m'empêcher. Je recherche la station. Le bulletin secret se dévoile. Je suis exactement à l'heure. Encore un hasard ?

Bonjour chères auditrices, chers auditeurs. Je suis Fanny. Bienvenue sur radio Lourdes pour ne pas perdre espoir. Aujourd'hui, nous sommes avec nos chroniqueurs aux prénoms d'emprunt Flora et Michael. Oui, ils souhaitent rester anonymes pour des raisons évidentes. Nous allons poursuivre notre rétrospective sur les faits majeurs qui se sont déroulés ces 25 dernières années. Michael, non pas par manque de galanterie mais pour des raisons d'expertise, je vous donne la parole en premier.

Merci Fanny. Si nous remontons à 2025, le contexte général était le suivant. L'avenir était loin de sacrifier le présent à cette époque. Toutes ces croyances sur le découplage entre produit intérieur brut et consommation des énergies fossiles étaient pure folie. La mort de Sari a évidemment été le déclencheur. Mais bien tard, malheureusement nous étions déjà en 2039.

Fanny reprend la main.

Et vous Flora, quelle est votre interprétation de ce scénario fort pessimiste qui a généré une telle inertie dans les prises de décisions alors que les milliards d'habitants que nous étions à l'époque avaient pleine conscience de la scène qui se jouait ?

Merci Fanny pour votre question. Je rajouterai tout d'abord au propos de Michael que nous avons aussi connu des incendies sans précédent dans le monde au moment même de la mort de Sari. Qui je le rappelle pour nos auditeurs était le dernier orang-outan de Bornéo. Le nom de Sari n'était pas pour le tissu mais bien pour l'espoir de longévité. Bref, à l'époque en 2025 tous les scénarios étaient optimistes. Enfin je devrais dire pessimistes à l'aune de ce que nous vivons.

Michael reprend la parole.

Oui exactement Flora ! Il faut se souvenir des accords de Paris en 2015. L'environnement certes ! Mais pas au détriment du social ou de l'économie. L'Europe était précurseur. Mais les cartes ont changé avec les élections européennes de juin 2024. Enfin la graine était déjà là.

Ce que les initiés appelaient « *European Framework 9* » établi de 2021 à 2027 sous le nom « *d'Horizon Europe* » était en pleine dérive. C'était à l'époque la fin du « *Green Deal* » d'Ursula von der Leyen.

Fanny rebondit sur les propos de Michael.

Oui Michael. Absolument ! Toutes les initiatives de recherches et développement ont commencé à se concentrer sur les sujets de souveraineté et de compétitivité au détriment des questions de développement durable.

Fanny

Absolument Fanny et vous avez bien vu après ce que cela a donné avec le « *Framework 10* : *l'Europe aux Nations* » décidé pour la période 2028 – 2034.

Michael

Oui nous avons vécu le renoncement de l'Europe sur les questions du dérèglement climatique au profit du protectionnisme et de la compétitivité. Les émissions de CO_2 n'étaient plus un critère. Les mots d'ordre étaient géopolitiques et accès aux ressources, pour finir avec la guerre que nous avons connue. La pire des guerres.

Fanny

Nous pouvons parler de ce que disait et faisait le Groupe TotalEnergies à cette époque ? Je rappelle aux auditeurs que le Groupe TotalEnergies était, aussi étonnant que cela puisse paraître, une entreprise dans le domaine de l'extraction des énergies fossiles. Disparu depuis plusieurs années sous l'ordre du

Mouvement V. C'était juste après la disparition de Sari en 2039 pour être exacte.

Flora

Ah oui parlons d'eux. Dans le déni absolu. Pire ! Fiers d'être des extracteurs de fossiles.

Michael

Flora le fossile a développé l'humanité comme jamais auparavant.

Flora

Certes, pour autant je me rappelle certains propos de leur direction à l'époque qu'ils qualifiaient de « sage pensée ».

Ils considéraient en effet que la lutte contre le climat relevait de mécanismes délétères du biais cognitif qui poussaient certains à désigner un bouc émissaire au lieu de s'attaquer aux vrais problèmes complexes.

Ils avaient même fait appel à la star de l'époque sur les questions du dérèglement climatique pour les défendre. Je parle bien ici de feu Monsieur Jancovici.

Michael

Oui Flora et j'ai sous les yeux ces propos de l'époque.

« TotalEnergies a récemment évoqué la possibilité de déplacer sa cotation principale de la Bourse de Paris à celle de

New-York. Tant mieux, diront certains : parti le pétrolier, parti le pétrole ! Et comme c'est justement à ce résultat qu'il faut parvenir, il n'y a vraiment pas lieu de se plaindre.

Dans une chronique diffusée ce matin sur RTL, dont le titre ne correspond pas exactement à ce que j'ai dit :), j'ai essayé d'expliquer pourquoi ce n'est peut-être pas si simple.

Tout d'abord, les produits pétroliers utilisés en France sont en totalité issus d'un pétrole provenant de gisements situés hors de France, et TotalEnergies n'extrait que 2 % des volumes dans le monde.

En pratique, le pétrole qui sera raffiné en France (y compris par Total) provient donc de gisements qui sont exploités par "n'importe qui", et il n'y a pas de lien physique privilégié entre cette société dont le siège est en France et les produits pétroliers consommés en France (sauf pour le réseau de stations-service !).

Admettons que demain on supprime TotalEnergies. Que se passe-t-il ? Soit les gisements sont repris par un autre opérateur (ce à quoi la France ne peut pas s'opposer puisque les gisements ne sont pas sur son sol), soit l'offre perd instantanément 2 % en volume.

Incidemment, on se retrouve devant la même alternative si TotalEnergies ne peut pas se faire financer par ses banquiers ou actionnaires : le gisement est cédé ou il y a une baisse de l'offre.

Dans le premier cas de figure (le plus probable de loin), ça ne change rien pour les émissions (ni pour le trafic auto en France). Dans le 2e, il y a effectivement 2 % de pétrole en moins *à brûler, et c'est bon pour le climat. Mais... ce défaut d'offre soudain fait monter les prix, car en face la société planétaire ne s'est pas organisée (physiquement ou mentalement) pour ne plus désirer ces 2 %.*

Une restriction de l'usage par défaut d'offre est donc inflationniste, et pour un pays comme la France, cela pèse immédiatement sur la balance commerciale. Peu après ce sera aussi récessif, puisque la quantité de pétrole disponible en volume est le meilleur indicateur avancé du PIB mondial.

C'est la baisse de l'usage par la sobriété (souhaitée par définition) qui évite ces écueils. Si nous nous organisons pour avoir moins envie ou besoin de voitures, de chaudières à fioul et d'avions, alors la baisse de la consommation arrive par la baisse de la demande, et cette dernière n'est pas inflationniste. Au contraire, elle fait baisser le prix du baril, ce qui est par ailleurs un potentiel problème car pouvant engendrer un effet rebond, et la taxe carbone peut alors être utile.

Le paradoxe est donc que, pour se passer de pétrole dans de bonnes conditions, agir sur la demande est, me semble-t-il, préférable à taper sur les pétroliers, même si nous adorons les victimes expiatoires. Nos émotions et nos intérêts ne sont pas toujours convergents ! »

Fanny

J'y vois une forme d'humour. L'humour c'est bien d'avoir une forme de tendresse pour les autres, n'est-ce pas ? C'est une certaine façon d'interpréter le film Les Valseuses. Ici TotalEnergies disposait de la société où et quand elle le voulait.

Mais je dis TotaEnergies uniquement parce que je ne parle pas de ses concurrents qui étaient au mieux pire.

Flora

Absolument Fanny ! Il y avait bien des exemples en effet sur les postions absurdes tenues par les multinationales pour plaire, entre autres, aux actionnaires et aux politiques. Une des plus frappantes était de mon point de vue celle de Microsoft.

Rappelez-vous, Microsoft affirmait dans les années 20, alors que ses émissions augmentaient de 30 % d'une année sur l'autre, pouvoir devenir « négatif en carbone » en 2030. On sait tous que cela ne s'est pas réalisé.

Mais la supercherie n'était pas suffisamment de taille. Je me souviens que Microsoft allait même jusqu'à communiquer sur le fait qu'en 2050, le Groupe aurait aspiré de l'atmosphère tout le carbone qu'il avait émis depuis sa création.

Fort est de constater que nous en sommes bien loin.

Fanny

Le paradoxe pour le cas de Microsoft, c'est que l'augmentation de ses émissions était liée à la montée en puissance de l'Intelligence artificielle qui aujourd'hui est aux manettes pour anéantir l'humanité et se protéger des conséquences du dérèglement climatique sur ses infrastructures.

À se demander si dans les années 20, l'Intelligence artificielle ne faisait pas la promotion de ce que certains appelaient le « *Green Washing* » pour devenir ce qu'elle est de nos jours : la remplaçante de l'humanité sur terre.

Enfin, toutes ces sociétés, autant qu'elles sont, ne peuvent plus tricher de nos jours. Le Mouvement V veille au grain. Les tricheurs sont morts ou en prison.

Michael

C'est bien cette approche finalement conciliante qui a fait arriver le Mouvement V au pouvoir en 2039 avec sa dictature verte radicale. Et là Fanny, comme vous le dites, je ne parle même pas de ce que nous vivons avec la solution finale depuis 2048 et ses 9 milliards de morts.

Flora

Oui il y avait des faux érudits et aussi des auteurs à foison pour tenter de rassurer le peuple. Je me rappelle ce livre d'Elisa Beiram. Elle disait avoir « Ras-le-bol des dystopies ». Elle parlait d'une histoire en Colombie où elle a voulu renverser son propre fatalisme dans le « Premier jour de la paix ».

Michael

En effet je me rappelle ce bouquin Flora. Ne plus accepter des sociétés de cendres. L'humanité capable de faire société. Mais nous sommes bien maintenant dans une forme de postapocalyptique. Qu'importe les dystopies et utopies de l'époque qui ont, oui ou non, inhibé de façon délétère, ou pas, le passage à l'action.

L'humain est certes social et collabore. Les exodes massifs ont eu raison de l'irénologie.

Flora

Eh oui mon cher Michael nous n'avions pas et n'avons toujours pas de ministère du Futur. Kim Stanley Robinson a inspiré Obama et les autres. Inspiré seulement.

Cela donne sûrement bien des excuses au Mouvement V. Pourtant, ce sont des criminels odieux, extrémistes et écervelés finalement.

Fanny

Oui Flora, ce sont des criminels. Mais le vrai coupable, c'est bien l'Intelligence artificielle qui manipule le Mouvement V pour servir sa propre cause en protégeant les serveurs des impacts du dérèglement climatique.

Dean appuie sur le bouton de la radio.

Fuck man!

What are you fucking listening to?! This shit is illegal radio!? What the fuck. You want us to be stopped be Motion V?

Chapitre V - *Lundi 20 juin 2050 ; 7h00 du matin*

Je me sens bien vivant. Le plus lourd fardeau pourrait être d'exister sans vivre. La mort qui danse devant moi me donne tous mes moyens. Hâte-toi de bien vivre François. Chaque jour à lui seul est une vie. Surtout là maintenant, tout de suite, plus que jamais, car le lendemain n'est pas acquis. Demain n'est pas acquis. Quel vertige. Et ici il n'y a pas d'emphase. Rien.

Je vais tâcher d'aimer ce qu'il faut aimer et d'oublier le reste.

Nous sommes proches de Beaune en direction de Dijon, à la station de Nuits-Saint-Georges. La voiture se positionne d'elle-même à la pompe à hydrogène. La pile à combustibles semble ne plus pouvoir compter sur ses réserves. Un bras articulé vient automatiquement se connecter à la voiture pour faire le plein de H_2.

Dean me montre ses parties génitales. Je comprends que ce n'est pas pour une fellation mais bien pour me dire qu'il va pisser.

À mon tour je quitte le véhicule pour me rendre à la station. À défaut d'avoir envie de pisser je vais chercher à m'instruire. Avec cette chaleur je transpire tellement que je pourrais moucher les vendeurs de pissotières en les invitant à la faillite.

La porte s'ouvre automatiquement devant moi. Je passe du désert à la banquise. La boutique est vide. Je me demande en quoi les pompistes ont des fonctions de première nécessité. Certes il faut recharger les batteries des urgentistes. Mais qui sauve qui ? Avec un bouquin tu peux éviter la boulette logée dans les nuages du cerveau !

Dean est à ses affaires aux toilettes. Je commence à ressentir les effets du poison. Je commence à me sentir mourir. Je n'ai pas l'odeur du corps qui se putrifie. Pas encore. J'ai le cœur qui me parle de chimie, de décomposition cellulaire.

Il ne me reste plus qu'à m'instruire davantage pour que si la fin arrive, mon cerveau irrigue la nature d'une forme d'intelligence. Enfin en a-t-elle besoin ? La nature a-t-elle besoin de poussières neuronales pour s'épanouir ? Qu'importe.

Bon évidemment, aucune chance de trouver un papier pour emballer les poireaux. Évidemment ici, tout est digital. Le monde est immatériel. Je me dirige donc vers la machine qui officie pour délivrer la propagande. Peut-être davantage. C'est un œil dans une sorte de mur noir.

La machine me fait le fond de l'œil. Et d'une voix féminie exquise m'adresse la parole.

Bonjour François, je suis Katia, je vous souhaite la bienvenue dans les éditions « *Barre de Seuil* ». Vous trouvez ici tous ce qui existe pour vous informer et au-delà.

Je suis toujours effaré de parler à une machine. Surtout quand celle-ci m'a fait un fond de l'œil. Que sais-t-elle vraiment ? Est-il possible de lire l'activité cérébrale de nos jours au point de dévoiler les pensées. Je ne sais pas. Est-il encore possible de penser à sa guise ?

Une fois encore, qu'importe ? Je vais me rencarder sur l'Histoire. Revenir à ce que j'ai connu pour tenter de comprendre ce qui m'arrive. Donne-moi un article sur cette nouvelle ère, l'anthropocène. Pourquoi avons-nous voulu devenir la principale force de changement sur Terre ? Pourquoi avoir désiré surpasser les forces géophysiques ?

La machine me répond.

Accès refusé.

Grrrr, la propagande est bien là. Il n'y aura pas davantage. Le lavage de cerveau est absolu. Je l'avais déjà entendu dans la bouche de Claire. Mais là, à ce point-là ! Pourquoi me cacher la genèse des problèmes. Je suis vieux et potentiellement mort dans 20 heures. Machine de malheur. Sans aucune empathie pour les héritiers des héritiers de ses concepteurs.

Et que fabrique Dean dans les chiottes ? Il a trouvé l'avatar d'une fille du porno ?!

Bon, je me dois la sérénité et le calme de la sagesse de mes 75 balais. Cette machine est obtuse, c'est Goebbels. Je dois obtempérer. Elle a les lèvres scellées. Il me faut la demande idoine pour avoir droit à mon empreinte.

Peux-tu me produire le dernier rapport du GIEC ?

Demande rejetée.

Évidemment, ces scientifiques ont fini par marcher pour le capital. Les enjeux étaient immenses. La corruption les a remis dans le rang des humains standards. Bluffer le peuple pour déverser des milliards d'argent public dans des multinationales sous couvert de transition énergétique. Évidemment que cette machine de m…. ince ne va pas me donner le rapport. Cette trahison entre les humains a certainement du être classifiée, voire détruite à jamais.

Ok merci Katia de ta fin de non-recevoir. Ce ne sont décidément pas les technologies qui nous bloquent mais les rapports entre les êtres humains. Tu dois bien le savoir, saleté d'intelligence artificielle.

Cette fois la lumière passe du bleu au rouge. Encore. Je suis un âne. Pourtant je le sais bien que je ne suis qu'un code-barres. Et cette machine me fait la leçon.

Pardon Katia.

Donne-moi alors un article sur la victoire des Trump père et fils ces 20 dernières années pour que je comprenne le point de basculement. Parle-moi de la fin de l'OTAN. Je ne sais pas, explique-moi pourquoi la politique s'est effacée pour une forme de barbarie !

Demande rejetée.

Katia… Ma chère Katia… pourquoi me fais-tu cela ?!

Tiens ! Dean sort des toilettes. Il me fait signe de prendre mon temps. Enfin c'est mon interprétation. J'espère qu'il ne va pas me planter ici, là. Au milieu du pinard d'exception avec 20 heures à vivre. Je lui fais confiance bien que je n'aie pas encore perçu ses motivations à me conduire à mon but. Belfast et Sophia avec son antidote.

Katia, pourrais-tu me donner des éléments sur le recul de l'ambition climatique entre 2025 et 2039 ?

Demande rejetée.

Bon alors Katia, parle-moi de l'abandon de la fin des voitures thermiques en 2035 en Europe. Ce qui était une hérésie. Surtout avec l'arrivée des voitures au 1 litre aux 100 kilomètres pour les pays au mix énergétique majoritairement fossile.

Demande rejetée.

Ma pauvre Katia, tu me fais penser à Karl Marx qui disait lors des années 30 que l'histoire ne se reproduit pas mais bégaye. Quand on bégaye on finit par parler. Tu vois on va se comprendre. Katia, moi c'est François. Reprenons.

Me voilà à me surprendre à parler à une machine. Après Dean et son anglais à l'accent au couteau, je parle bien comme les vieux. Ce que je suis. Je parle seul.

Katia donne-moi des éléments pour comprendre pourquoi dans les années 2030, la démocratie s'est délitée ? Pourquoi ce modèle de société est-il devenu ringard pour les peuples ? Pourquoi les dictateurs éclairés ont pris le dessus sur les urnes ?

Demande rejetée.

Bon bah d'accord Katia ! Tu vas finir par me donner ta propagande et c'est ainsi. Mais avant j'ai encore des questions. Explique-moi pourquoi le collectif a disparu au profit des algorithmes de l'intelligence artificielle qui permet même de créer ses propres contenus ?

Oui Katia, voilà je deviens bizarre, je parle pour de bon à cette machine maline. Oui Katia, seule la coopération entre les peuples peut esquiver une chance de solution pour un futur souhaitable.

Il faut que je parte Katia. Dean m'attend. À la fin je ne sais pas si je suis un con doué qui connaît tout sur rien… ou un con surdoué qui ne connaît rien sur tout. En tous les cas Katia, tu ne m'aides pas. Donnez-moi les nouvelles officielles s'il vous plaît.

Monsieur François, demande acceptée. Veuillez placer votre index à l'endroit indiqué pour télécharger votre journal.

Je retourne à la voiture. Dean fait mine de me presser. C'est bien le paradoxe. C'est moi qui joue ma vie. Je me hâte.

À l'approche de la voiture avec cette forme d'aube, je vois le reflet de la dernière étoile sur la vitre. Un point qui scintille. Cela m'interpelle, me questionne. Sommes-nous suivis ?

Chapitre VI - *Lundi 20 juin 2050 ; 7h15 du matin*

La voiture se met à parler.

Bentornato Dean. Il tempo di viaggio rimanente per raggiungere la nostra destinazione finale è stimato alle 18h30. Per favore, mettiti comodo. Ti porterò sano e salvo a Belfast.

J'avais oublié que la voiture était italienne. Je n'ai rien compris évidemment. Dean ne réagit pas. Il semble satisfait par ce qu'il vient d'entendre. Visiblement le fil arraché par Dean pour masquer ma présence n'a pas d'incidence sur le bon fonctionnement du tout. Je suis apparemment transparent pour le véhicule.

La voiture quitte la station. Je me lance dans un échange.

Dean euh… La machine, la machina… Euh Italia ? Porqué ? Euh perché ?

Dean me regarde d'un air surpris par ma tentative d'échanger en italien. Il voit bien que je n'ai aucune chance de construire la moindre phrase. Il me fait tout de même un sourire. Touché que j'essaye de parler comme un romain peut-être ? Ou bien il éprouve le besoin de communiquer, de développer un lien social comme tous les êtres humains pour leur survie. Il me répond.

Sì, l'auto è italiana perché abito in Italia. Alla fine ho vissuto. Sono nato a Roma. La mia amata madre Linda lasciò l'Irlanda poco prima che io nascessi, alla fine degli anni '20. Con la Brexit non poté più lavorare facilmente nella Repubblica d'Irlanda. Il confine era un vero problema. Il tempo di viaggio non era più sostenibile. Infine tutto questo è storia antica con il ricongiungimento nel 2038 tra le due Irlande. Insomma per completezza, per amore ha seguito un bellissimo stallone italiano ed eccomi qui.

Hummm, j'ai entendu le mot Brexit. À part cela je ne sais pas de quoi il en retourne. Ce qui confirme que je n'ai rien compris. Comment le Brexit arrive-t-il dans une question sur l'Italie ?

Quelle tristesse d'être mis à l'index de la sorte dès qu'il s'agit des langues étrangères. Spectateur envieux du talent des polyglottes. Le français comme seul verbe pour échanger avec mes contemporains.

Qu'importe. Je vais écouter ce que j'ai téléchargé sur mon index. Je fais signe à Dean de mon intention et place mon doigt sur l'écran de la voiture. Une voix se lance.

« Bonjour François, nous sommes le lundi 20 juin 2050. C'est le centième jour consécutif du confinement climatique. La Une de votre journal officiel est la suivante. Le Mouvement V, en collaboration avec l'intelligence artificielle « IA 42 », revendique 8 milliards de morts sur terre au nom de la lutte contre le dérèglement climatique par rapport aux 10 milliards du début de l'année 2045. Un milliard est, ou sera, contaminé et devra mourir.

Le Mouvement V, avec l'intelligence artificielle en appui, ne laissera pas la résistance injecter l'antidote aux personnes mourantes. Elles doivent se sacrifier pour maintenir les équilibres. Une traque systématique est organisée en ce moment afin de remonter les filières et éliminer tous les résistants ayant accès à des antidotes. Cela sera le mot d'ordre jusqu'à l'atteinte de l'objectif des 9 milliards de morts par rapport au début de l'année 2045.

Le milliard restant n'aura alors plus d'impact sur les équilibres climatiques. La population mondiale sera revenue à celle de 1800. Les humains ne seront plus assez nombreux pour amplifier les émissions de gaz à effet de serre. L'évitement des émissions au sens des seuils à ne pas dépasser sera acquis. La séquestration du carbone pourra commencer.

Le Mouvement V en collaboration avec l'intelligence artificielle débutera prochainement le processus de séquestration des gaz à effet de serre actuellement présents en quantité dans l'atmosphère. La guerre contre le réchauffement climatique touche à sa fin.

François j'ai pu constater lors du chargement de votre quotidien que vous faites partie des personnes sacrifiées. Il ne vous reste qu'une vingtaine d'heures maintenant.

Soyez fier de votre implication totale pour les générations futures. Votre sacrifice fait de vous un héros… ».

Balivernes ! C'en est trop. J'arrête la diffusion brutalement. J'éprouve une forte aversion aux propos que je viens d'entendre.

Je ris jaune. C'est bien le Mouvement V qui est à la botte de l'intelligence artificielle IA 42 et pas l'inverse. Il ne fait aucun doute qu'IA 42 ne fait pas confiance aux humains pour gérer les problèmes des dérèglements climatiques. Il en va de sa propre survie. Les serveurs qui la constituent physiquement ne supportent guère les fortes températures. Ils ont besoin d'eau et d'énergie pour se refroidir. Tout ce que le réchauffement climatique remet en cause. Il y a un sujet.

Avec la « Reine despotique » IA 42, il n'y a donc pas de providence ou de hasard. C'est l'esprit des lois. Je me réfère à Montesquieu. Il a bien exploré les trois principaux modes de gouvernement après avoir épluché les lois de toutes les sociétés pendant des années à La Brède.

Il ne fait nul doute qu'IA 42 n'a rien à voir avec la République et sa vertu à préférer l'intérêt public. Avec bientôt 9 milliards de morts en moins de 5 ans, nous en sommes loin. Je ne vois pas non plus les ressorts de l'honneur dans une forme de monarchie. Le Mouvement V n'a aucune valeur. Comment avoir de l'honneur sans orgueil. Le Mouvement V a surtout les vertus de la désobéissance civique mais pas pour limiter les abus de pouvoir. C'est tout le contraire.

Il ne reste donc que le despotisme fondé sur les craintes pour décrire le duo IA 42 et Mouvement V avec ses brigades vertes.

Mais moi François je ne les crains pas ! En tous les cas n'ayant que 24 heures de souffle devant moi, je ne te crains plus, IA 42 ! Ni toi ni les brigades vertes du Mouvement V. Je vais trouver Sophia pour qu'elle me sauve de cet ensauvagement de la société. Ma tasse de thé sera l'antidote. Et après je m'appliquerai à séparer les pouvoirs pour que le pouvoir arrête le pouvoir.

IA 42, je vais être ton mouton noir. Je ne serai pas celui de panurge. Tu ne me jetteras pas par-dessus bord. C'est bien moi qui vais te ruiner et pas le contraire. IA 42, Mouvement V, vous allez avoir affaire aux cornes de ma colère. Tels les éclairs qui frappent la lave bouillante dans les cratères des volcans en éruption, je suis littéralement l'arme de Zeus contre les Titans.

IA 42 je te promets le Tartare. Je vais te défaire et arrêter d'entasser Pélion sur Ossa. Tu iras « In Pace » dans ce cachot mal nommé !

Je suis de ceux qui d'un haut destin gravissent l'âpre cime, aurait sans doute écrit Hugo pour me décrire. Je me sens physiquement décliner mais non je ne renonce pas. Bien au contraire. IA 42 ne serais-tu pas en train de te jouer de moi en me provoquant ?! L'espoir est le dernier qui meurt sur le champ de bataille. Mais finalement que sais-tu de l'espoir ?

Dean me regarde effaré. Il ressent ma colère. Une énergie virtuose qui me conduit vers le calme. Il me fait signe avec une forme d'affection dans le regard pour m'aider à me calmer. Le souffle me revient progressivement. Je lui retourne un regard complice entre joie de vivre, remerciements et détresse absolue.

Je me connais. Je m'emporte. Une fois le verbe lâché, je retrouve mes faiblesses pour souvent ne rien faire de ce que je viens de dire.

Dean ne dit rien. Quelques minutes passent dans le silence du bruit de roulage de la voiture électrifiée. Je me perds dans ce son monotone avant de raviver les braises du regard espiègle que j'avais étant enfant.

Sans aucun doute je me dirige dans la bonne direction. J'ai encore le temps d'arriver avant de faire de mon histoire une tragédie banale. L'optimisme de mon état d'esprit prime. Tant que ce n'est pas l'heure, je ne serai pas en retard.

Chapitre VII - *Lundi 20 juin 2050 ; 7h30 du matin*

La voiture roule conformément au guidage de ses appareils. Les radars sur-injectés dans la peau des parechocs fournissent à l'algorithme de l'ordinateur central les informations nécessaires pour compléter celles des satellites. La voiture progresse dans un monde qui ne connaît plus les accidents de la route. Enfin, il existe tout de même encore des vies volées par l'asphalte. À la marge dans des exceptions qui confirment la règle.

Je constate que Dean, sans bouger les mains, déclenche une numérotation sur le tableau de bord de la voiture sous le nom de « *Mom Linda* ». Dean est donc de ceux qui se sont fait greffer la solution Neuralink pour contrôler les ordinateurs par la pensée.

Avec mes 75 balais, je ne risque pas d'avoir accès à cette technologie. Cette solution n'existait tout simplement pas dans ma jeunesse. Ce qui m'arrange aujourd'hui cela dit. J'éprouve une forme de dégoût à l'idée d'avoir des électrodes implantées dans mon tissu cérébral et dans l'os de mon crâne. Surtout que ces électrodes sont pilotées par un logiciel qui, on le sait tous maintenant, est lui-même piloté par IA 42.

Dean est jeune et semble être un bon gars. Il a la vingtaine. Né de la dernière pluie. Ou comme disent les Antillais « *Il a fait le plein hier* ». Son crédit social est certainement excellent. Dean est probablement dans le moule des attentes du Mouvement V. Ce qui peut-être donne du sens à posséder Neuralink pour tous ses côtés positifs et pratiques. Sans avoir à subir les conséquences des atteintes à ses libertés.

Enfin, il a tout de même pris un risque en embarquant un passager clandestin. Je n'ai pas encore compris ses motivations.

La numérotation cesse. La communication est établie. Dean me fait signe de ne pas faire de bruit.

Dean

Hi Mom.

Linda

Hello son : how are you?

Dean

I'm doing well. I am close to Dijon. The road is going well. That said around Lyon there were several closed accesses which forced me to take an astonishing route. Anyway the car followed the browser.

Linda

You are a lucky guy to go to Ireland dear son. My country. The country of my childhood.

Dean

Yes! I could have growth in Ireland if the English did not vote this fucking Brexit. When I think that all the old people that made Brexit win the referendum were dead when it came real in life for all.

Linda

Never mind Dean. We are, or should I say, you were happy in Italia. And don't forget that is by love that I followed your father to Milan. Anyway, when do you think you will be arrived in Belfast?

Dean

In less than eighteen hours for sure. I must.

Linda

Incredible how fast it is. Thanks to both Channel tunnel and Saint Georges tunnel. All in all you will make Milan to Belfast in close to 24 hours. Which is great since it the maximum time authorized for the life-trip.

Dean

Yes it will work indeed. But with such a trip I will probably not see you Mum anymore. I find it particularly unfair to have had to choose between my mother and Sonia, whom I love.

Linda

This is the tragedy of my life, my darling son. We talked about it. I lived. It's up to you to experience the happiness and joys of being in love.

Dean

Yes I know. But I find that having only had authorization to join Sonia yesterday 8 pm with a decision time of a few hours did not give me the necessary time to say goodbye to you properly.

Linda

What is done is done. Let's talk about something else. The metaverse is not real life. Your avatar couldn't keep flirting with Sonia's avatar forever.

Dean

Yes, I definitely reached my physiological limits with the emotions that the metaverse brought me. Do you realize the beauty of the situation? I don't know what Sonia really looks like. I only know his soul.

Linda

Is it because you are crossing France that you refer to Saint Exupéry? You know "We only see clearly with the heart, the essential is invisible to the eyes"

Dean

Mom, I'm going to miss you. I'm sure I'm going to miss you a lot. I leave you for now. All this upsets me. I call you later.

Linda

You're going to make me cry Dean. Take care of yourself. Be happy to know love and live your life.

La communication s'interrompt. Dean a donné l'ordre par la pensée de raccrocher. Je n'ai rien compris bien entendu. À part peut-être le mot métavers. C'est pour moi un monde imaginaire d'avatars qui échangent entre eux pour effacer la solitude bien réelle des confinements climatiques quasi permanents. Mais je n'y connais rien. Depuis que je ne vis plus avec ma femme Claire, je suis devenu amoureux de la solitude.

Je lis l'intensité des émotions sur le visage de Dean. Ses yeux scintillent de larmes. Son regard est à la fois dévasté de tristesse et déterminé. Pas utile finalement de parler anglais. Les expressions de Dean ne peuvent être que liées à la folie des lois et contraintes que nous impose le despote virtuel qui nous gouverne.

Est-ce une anacoluthe de croire qu'avec une société sans IA 42, toute la face de la terre aurait changé ?

Le silence épouse l'habitacle de la voiture. Le bruit du roulage nous endort tous les deux.

Partie III – 2039 le mort de trop !

Chapitre I - *Lundi 20 juin 2050 ; 10h30 du matin*

Je me réveille proche de Châlons-en-Champagne. Dean lit un livre. Il me jette un œil amical. Je m'étire doucement. Bien que les voitures autonomes soient très confortables, ce n'est pas du niveau de la classe première des compagnies aériennes qui existaient avant les quotas de CO_2 par personne.

Je ressens la montée lente et certaine des effets du poison. Des nausées, un mal de tête croissant. Je commence à m'inquiéter. Heureusement que je suis dans la voiture climatisée. La température extérieure est déjà au-delà du supportable

Je regarde par la fenêtre cette région où les records de températures flirtent régulièrement avec les 55 degrés Celsius. La voiture passe devant la pancarte d'une sortie d'autoroute sur laquelle il est inscrit : « *Cette zone n'est plus assurable du fait des conséquences du dérèglement climatique. Ne vous engagez pas dans cette direction.* »

Je connais bien ce problème. Dans ma région lyonnaise, il y a de nombreuses zones concernées par ce problème gravissime.

Les gens ont tous quitté petit à petit la région pour laisser place à des formes de déserts apocalyptiques faits de maisons vides et de routes désertes que la nature aride et le sable du Sahara recouvrent progressivement. Tout le monde partait en abandonnant ses biens invendables car non assurables.

Ils n'avaient guère le choix. Comment rester dans un lieu où aucun commerce, aucune industrie, aucun service administratif, aucun travail n'existent ? Ces personnes ne pouvaient même pas vraiment se dire qu'elles restaient chez elles. Ne pouvant pas non plus conduire de voiture et n'ayant plus accès à aucune ressource, la messe était dite.

L'exode s'est fait vers le Nord de l'Europe au prix d'une croissance exacerbée du protectionnisme régional et d'un extrémisme politique radical assumé. Enfin c'était au début des années 40 car après, avec les trois années de guerre que nous avons connues de 2045 à 2048, les massacres n'avaient pas de régions privilégiées sur le globe. Ils les avaient toutes !

La voiture trace sa route et les paysages gardent leur monotonie. Il n'y a rien à voir. Du moins plus rien à voir. Le ciel est bleu. Le jour est installé pour faire four. Pas au sens du XVIIe en plongeant les théâtres dans le noir pour économiser les bougies. Bien au contraire. Ici les flammes du soleil titillent ce qui reste de nature. Elles déclarent leur flamme aux troncs d'arbres mourants, à la paille, qui recouvre la terre aride.

En levant les yeux vers l'astre de feu, je distingue toujours cette étincelle. Je commence à me demander si j'ai un pète à la cornée ou s'il y a bel et bien une sorte d'ovni au-dessus de ma tête. Le soleil finit par m'éblouir et je réoriente mon regard pour tomber sur une forme moderne de boîte à gants.

Je l'ouvre. Il n'y a rien à part un cahier. Un cahier de la forme d'un roman. Je m'en saisis et commence à le feuilleter. Toutes les pages sont blanches. Ce cahier que je pourrais décrire comme un livre de poche vierge n'attend que mon encre pour vibrer et enfanter des idées dans l'esprit de ses lecteurs.

Je cherche un stylo. Il n'y en pas dans la boîte à gants. Mais heureusement, comme la plupart des vieux de ma génération, j'ai un stylo sur moi en plus de mon tournevis. Ouf je vais pouvoir écrire.

Je ne sais pas si je vais arriver à écrire correctement, voir tout simplement. Comment sommes-nous passés du boulier aux super calculateurs pour compter, des prémices de la parole à l'interprétation de Cyrano pour parler ? En ce qui concerne la question de l'écriture nous avons connus les graveurs, les plumes encrées, le papier, les logiciels et depuis une décennie, la voix suffit à elle-même pour noircir des pages entières. Plus personne ne tient un stylo. Plus personne n'utilise un clavier pour déposer ses idées. Le mot analphabète n'a plus de sens ou au contraire tout son sens.

« Ecrire c'est lever toutes les censures." Jean Genet. Est-ce une transgression morale ou intellectuelle d'affirmer ceci ? Je laisse le dernier mot à cet auteur libre du siècle dernier. En tous les cas, avec la vue de ce cahier aux pages vierges, je me sens pris d'une furieuse envie d'écrire une lettre à femme Claire. D'écrire ce qui me passe par la tête tout simplement. Pour que si un jour elle me lise, elle puisse se balader

dans mon esprit. Mes pensées de ce 20 juin 2050. Écrire au fil de la plume sans but précis.

Les premiers mots qui me viennent sont agonie, palliatif, atroce, euthanasie. Euthanasie devenu un temps légale fin des années 20 puis interdite de nouveau dans les années 30 avec le retour des religions et de l'obscurantisme. Une religion plus que les autres a soufflé la flamme des bougies du siècle des Lumières. Maintenant que les leaders de cette religion ont infiltré les lieux de pouvoir, le ver est dans le fruit. Mais je vous emmerde.

Moi, lui en parlant de moi, toi, Claire. La forme de cette lettre est une pensée jaillissant en zigzags d'aigle pour faciliter sa compréhension.

Pourquoi Claire te parler d'euthanasie. Tout simplement car c'est bien toi qui n'as rien fait pour m'éviter le poison qui me ronge. Tu as pris l'initiative de débrancher la machine de mon cœur sans me consulter. C'est injuste et pourtant je ne t'en veux pas.

L'humain dans l'état de la nature et heureux et solitaire fuyant ses semblables. Mais à cause des bouleversements climatiques croissants et autres cataclysmes, les humains se sont regroupés. Ces regroupements ont généré des mœurs et des inégalités. Bien que je relève de Voltaire pour l'exubérance, je suis plus proche de Rousseau pour la sobriété. Rousseau à son époque disait que les sciences et les arts n'avaient pas contribué à épurer les mœurs mais bien au contraire. Les progrès ont corrompu les mentalités.

Claire, mon épouse, ma femme, je ne t'en veux pas d'être anti-progrès. Et pour en finir avec Rousseau, à l'image de son roman épistolaire la nouvelle Héloïse dans lequel le sentiment amoureux abolit la classe sociale, je dirais que dans notre cas le sentiment amoureux a aboli la suprématie de l'intelligence artificielle. Oui IA 42 n'a pas gagné. Je t'aime toujours sincèrement. Peut-être par peur de l'irréparable.

Non je ne t'en veux pas d'avoir succombé à la facilité de collaborer avec l'ennemie IA 42 pour préserver ses serveurs au sens technique et humain finalement. À la fin, et c'est une des raisons qui a motivé le début de notre union, nous sommes tous les deux dubitatifs face à certaines formes de ce que l'on peut appeler le progrès.

Je ne t'en veux pas mais ne t'excuse pas. Pourtant pas besoin de passer par confesse pour être pardonnée. Je te pardonne. Je te pardonne et ne te fais plus confiance. Tu es responsable mais pas coupable. Pour reprendre une des belles idées de Badinter, il n'y a pas d'humain totalement coupable car il n'y a pas d'humain totalement responsable. Nous sommes tous justiciables et tous présumés innocents.

Il ne me reste que l'écume d'une colère apaisée. Mon deuil est fait. Je ne baisse pas les bras. Bien au contraire !

Claire, je suis un homme en repos de conscience. Qu'importe ce qu'il peut m'arriver. Je vais le surmonter.

Si je survis, j'ai décidé de mettre mon expérience en conformité avec ma pensée. Je prendrai des distances avec la civilisation, du moins ce qu'il restera de la civilisation corruptrice. Je me ferai champion de la vie simple et de la vertu en me consacrant à la peinture des passions et l'exacerbation des sentiments.

Je t'entends déjà me dire que je pourrais tout aussi dire que je deviens un va-t'en guerre pour me venger.

À la fin je crois surtout que je resterai modéré entre ces extrêmes.

Chapitre II - *Lundi 20 juin 2050 ; 10h30 du matin*

Dean m'arrache à mes pensées et l'écriture qui en résulte pour m'indiquer de son index tendu une direction où regarder.

Look men.

Je regarde au travers de la fenêtre. Je constate que tout est jaune. Les vignes ne sont plus que des pieds sans tête ni chevelure. Il n'y a plus de pépins dans les raisins. Il n'y a plus de raisin. La déraison humaine a résigné la nature. Elle lui a fait les pieds.

Dean insiste à me parler.

The Germans failed to drink all the champagne a century ago. Climate change was able to celebrate the news. There's nothing left to drink now.

Je regarde Dean d'un air désespéré. Engloutis dans mes regrets de ne pas avoir appris mes cours d'anglais à l'école. J'ai bien entendu le mot champagne dans son propos. Alors je me fends d'une réponse.

Oui Dean la fête est finie.

Dean retourne à ses lectures. Je reprends mon stylo.

Étant un passager clandestin, ma lettre est-elle une lettre clandestine ? Si cela est le cas, elle n'a dans ses propos rien à voir avec Les Provinciales de Pascal.

Même si je me considère comme un juste qui dans l'action présente n'a pas le pouvoir d'accomplir les commandements. Outre la question du talent d'auteur, la raison principale de cette différence réside dans le fait que les commandements dont je fais référence ne proviennent pas, dans mon cas, d'un quelconque dieu mais bien d'IA 42 et du Mouvement V.

Claire, en me laissant boire cette eau empoisonnée, tu t'es vautrée dans l'immondice et le vice. Je ne te dis pas tremble pécheresse car je ne t'en veux pas. Pire je l'avoue. La nuit au milieu de mes rêves, c'est toi que je pars retrouver.

Mais tu n'es pas libre pour autant. Rappelle-toi Camus qui disait que pour être libre, il faut d'abord ne pas mentir. Sinon, par le mensonge, on ne fait que servir la tyrannie.

Oui au début de notre rencontre, tout résonnait comme évidence. Notre amour était un délicieux mélange d'attirance physique et intellectuelle. Nous avions des convictions, des passions partagées. L'idée que la mort nous sépare un jour était un concept insupportable.

Je me rappelle encore comme hier ce jour du 16 juillet 2010 à 12h13. Le premier baiser, le début de ce que nous pensions être la deuxième et dernière partie de notre vie. Mais finalement par ta cruauté mes certitudes ont démissionné. Je ne sais plus.

J'ai le sentiment qu'il y aura finalement un troisième départ pour vivre le premier jour du reste de nos vies. En tous les cas le doute est permis. Par l'inaction manipulée tu m'as sacrifié pour une cause qui nous dépasse. Ce doute peut aussi consolider notre couple. Je veux croire que tu regrettes. Nous verrons bien.

Ce qui a produit l'étincelle de la rupture de l'osmose de nos esprits se situe, à mon sens, au moment où tu t'es radicalisée. Au début tu étais éco-anxieuse. Tu souffrais d'un stress pré-traumatique. Tu envisageais l'avenir avec angoisse. Tu étais persuadée que notre monde allait disparaître.

J'ai le souvenir clair de ta réaction outrée face à l'annonce de la nouvelle du Conseil Olympique d'Asie sur les jeux Olympiques d'hiver en Arabie Saoudite. Tu as commencé à t'inquiéter pour l'avenir de nos enfants. Tu as voulu militer.

Ta sensibilité sur le sujet des impacts du dérèglement climatique s'est accrue avec le temps. D'éco-anxieuse tu es devenue solastalgique. Tu avais le syndrome du lanceur d'alerte qui te chevillait au corps. Tu étais le colibri qui veut éteindre l'incendie à la force de ton bec et de l'eau qu'il pouvait contenir. Tu étais en colère. Tu étais triste.

Et puis tu es devenue éco-paralysée. Tu étais alors habitée par le désespoir, l'autodestruction. Jusqu'à ce que tout bascule.

La lutte contre le dérèglement climatique est devenue une obsession à la naissance de nos petits-enfants à partir de 2043. La genèse de la tyrannie dont je fais référence plus haut.

La faute à Sophia l'extrémiste que tu as rencontrée en 2045 pour ses 15 ans lors d'un atelier militant. Cette folle furieuse, aux pensées subversives, qui manifestait avec rage en faveur d'une solution radicale pour ramener la population mondiale au niveau de celle du XIXe siècle. Elle ne craignait, en aucun cas, les punitions capitales infligées aux vils séditieux.

Rappelle-toi nos discordes. Cette fille était plus extrême que les plus grands tyrans de l'Histoire. Nous étions au début de la guerre de 2045 – 2048. Un massacre qui a finalement apporté 6 milliards de morts. Eh bien je me rappelle ! Sophia avant même que le conflit ne commence demandait 9 milliards d'âmes pour nettoyer la surface de la terre de l'humanité génératrice d'émissions carbone. Et toi, ma femme Claire, dans une peur sans rationalité, au nom de nos petits-enfants, tu lui as prêté main forte pendant plusieurs années.

Tu l'as soutenue activement dans sa relation avec l'IA 42, non pas pour résister aux dictats d'une intelligence artificielle manipulatrice, mais bien pour service sa cause. L'IA 42 n'a que faire de ta peau Claire. Elle ne pense qu'à la sienne en protégeant ses infrastructures qui ne pourront pas supporter un accroissement infini des températures sur terre.

Dean lève les yeux de son livre. Il me voit pleurer des larmes de soulagement au milieu de ma prose simple, passionnée et déterminée. Il ne cherche pas à comprendre. Ce temps-là est maintenant révolu. Dean me tend un mouchoir. Je crois bien qu'il commence à m'apprivoiser. Serons-nous amis à la fin du voyage ?

Je sèche mes joues en les effleurant avec le mouchoir, esquisse un sourire. Je donne un regard à Dean, qui dépasse la force de la communication orale, pour exprimer les émotions qui me bouleversent en écrivant à mon épouse. Dean me donne un sourire en retour. Il retourne dans ses pensées.

L'épistolaire que je m'efforce de construire se donne à voir dans sa dimension amoureuse même si les circonstances rendent la chose compliquée. J'ai mal au ventre. J'espère que je n'ai pas, ou n'aurai pas, la colique. Car Diderot avait raison de dire que nous n'avons pas la clef de notre derrière.

Je reprends l'écriture de ma lettre. Claire qu'importe finalement tout ce que je te dis. Tu le sais mieux que moi. Cela me fait du bien que tu saches que j'ai pleine conscience de ce qui nous est arrivé. Je me sens un peu soulagé. Je me sens mieux.

À la fin, je n'arrive toujours pas à comprendre pourquoi tu ne m'as pas mis en garde contre la solution finalement. Cette horreur a mis 2 ans tout de même à se concevoir et s'appliquer pour devenir une réalité macabre en pleine puissance. Pourquoi Claire ne m'as-tu pas prévenu de ne plus boire aucune eau qui aurait pu passer par les mains des humains et leur chimie ?

Je ne me suis douté de rien et me voilà à l'article de la mort. Il me faut trouver un mot qui me convienne pour l'antonyme de Jouvence.

Claire sache que l'ironie du sort veut que Sophia ait fini par prendre conscience de l'étendue du massacre. Elle cherche aujourd'hui à limiter la folie de l'opération avec un réseau de résistants qui s'est constitué au sein du Mouvement V. Suis-je naïf ? Le sais-tu déjà ?

Bien qu'elle soit l'origine du mal et surtout que le mal soit fait, je lui trouve un certain courage de s'opposer à IA 42 et ses sbires du Mouvement V. Elle risque la mort de tous ses proches et l'exhumation de ses ancêtres pour qu'ils soient donnés morts aux chiens errants.

IA 42 et son Mouvement V sont déterminés à tuer le plus possible d'humains. Ils ne laisseront pas faire les poches de résistances qui se vouent à sauver des vies. Mais oui, on peut défaire ce qui est édifié et remettre en cause l'ordre établi. Rien n'est jamais trop tard.

Par son caractère hardi et disruptif, Sophia a organisé un réseau clandestin de distribution des antidotes qui étaient à l'origine réservés pour les cadres du Mouvement V. Et tu le croiras, ou non, elle m'a contacté hier pour me donner cette information via un appareil de communication hautement crypté pour ne pas se faire localiser par le Mouvement V ou IA 42.

J'aime à penser que c'est toi qui as été à l'origine de cet appel. Un remord, les traces d'un amour fou révolu, je ne sais pas. Toujours est-il que je suis maintenant en route pour la retrouver à Belfast. Pour retrouver Sophia, boire cet antidote et survivre.

Oui je suis dans une voiture chinoise, qui parle italien. Avec un individu à l'accent irlandais qui vient de Milan. Il va retrouver une certaine Irlandaise au prénom de Sonia qu'il a rencontrée dans la réalité virtuelle. Je profite de son voyage unique pour qu'il me conduise auprès de Sophia.

Au-delà de l'aventure que constitue ce voyage par lui-même et le risque de ne pas arriver à temps, je m'inquiète de la coïncidence inimaginable de ma rencontre avec Dean et sa voiture. Je m'interroge aussi sur un point brillant dans le ciel que je ne sais pas définir pour le moment. J'ai le sentiment que nous sommes suivis. Je ne sais pas. Avec tout ce qui m'arrive, je deviens peut-être légitimement paranoïaque.

Oui je dis chance incroyable car quelle probabilité innocente de trouver une voiture à Lyon qui va à Belfast en moins de 24 heures ? Aucune…

Claire, terminons par un acrostiche comme tu les aimes. Un collier de mots qui s'emboîtent pour la beauté de l'exercice sans certitudes pour le sens que je leur donne.

Claire, tu es comme l'étendue d'un océan secret, par notre satellite divinement purifié.

Où se couche le clair de lune dans un horizon océanique sans nuage, qu'un marin aguerri pourrait méfier ?

Te dire qu'il se couche dans l'imaginaire, dans le monde des rêves, serait-il une réalité abrute ?

Retrouver cet amour jadis rêvé et maintenant brisé serait-il notre but ?

Comment veux-tu que l'on s'aime dorénavant après ce que tu m'as fait ?

Te donner ma vie était mon souhait.

Fuir cette idylle destructrice qui a voulu m'assassiner, c'est ce que je vais faire.

Maintenant que tu n'auras pas mon dernier souffle, je deviens assertif et sans avoir la langue volubile je ne vais plus me taire.

Je lève ma plume et regarde par la fenêtre les paysages défiler. Le monde était beau donc forcément ordonné par un créateur selon une grande partie des humains, une partie seulement. Maintenant qu'il n'y a plus rien à voir. Maintenant que le monde est aussi beau pour les voyants que pour les aveugles, la messe est dite. Il n'y a pas de créateur.

C'est ma conclusion matérialiste certes, mais pragmatique.

Chapitre III - *Lundi 20 juin 2050 ; midi*

Me voilà depuis plusieurs minutes le regard dans le vide, mon cahier sur les genoux. Toujours dans l'espace que crée le silence des différences entre les langues vivantes. Je reprends la lettre qui n'a rien de frivole. Claire je veux te laisser ma compréhension de ce qui m'a drapé dans ces mauvais draps.

J'ai bien conscience que le présent est notre seule réalité. Je souhaite cependant exhumer des souvenirs qui serviront pour le futur. Pas le tien ni le mien en particulier, celui des autres, celui de survivants qui devront apprendre de nos erreurs.

Je ne doute pas que tu te souviennes du mort de trop en 2039. Oui je te parle bien de la mort de Sari qui a été le point de bascule entre la période utopique que nous avons vécue dans les années 20 - 30 et le début de la dictature verte construite sur le modèle de l'équation de Monsieur Yoichi Kaya.

Nous avons tous cru pendant des décennies que la technologie allait nous sauver sans accepter de voir les grandes dynamiques des évolutions de la société mondiale. Les vicissitudes de l'humanité qui ont conduit à l'exacerbation des tensions et à l'accroissement des dynamiques de population.

Ce ne sont pas les technologies finalement qui nous ont bloqués. C'est le rapport entre les êtres humains.

Rappelle-toi Claire cette période ou finalement, nous parlions avec le sourire de la résilience des territoires comme solution pour faire face à la fin de la mondialisation dans le contexte des tensions sino-américaines. Le monde multipolaire entre les blocs des États-Unis, de l'Union Européenne, de la Russie, de la Chine n'a pas donné les opportunités espérées pour résonner le progrès et réduire les émissions de carbone. Les travers de la mondialisation ont fini d'achever les partisans du progrès comme solution à tous nos maux.

Les dynamiques de population ont totalement changé la donne avec une Europe déclinante et vieillissante, l'effondrement du Japon et l'Asie du Sud ainsi que l'Afrique comme nouveaux moteurs économiques.

Le 18 février 2039, Sari, le dernier orang-outan de Bornéo est tombé de sa branche pour mourir au milieu d'une forêt dévastée pour son bois et la nécessité de créer de nouvelles terres agricoles pour nourrir l'humanité. Les mouvements citoyens spontanés en Indonésie ont envahi les rues pour protester contre la mondialisation qui avait dévasté leur pays en laissant les populations locales dans la misère. C'était presque de l'ordre d'un réflexe, une forme de tropisme, une réaction chimique dans les cerveaux.

L'émotion à travers le monde a été forte. Perdre le précieux a été déclencheur d'un avant - après. Cela s'est rajouté aux gigantesques incendies que nous avions connus en Europe pendant plusieurs années consécutives. L'émotion a débordé pour se traduire dans des lois radicales sur la biodiversité, l'artificialisation des sols, les émissions de carbone.

Les écrivains de l'époque n'avaient plus rien du « Placere et docere » de l'époque classique. Plaire et instruire n'était plus adapté. Le monde artistique se voulait de plus en plus engagé dans l'extrémisme vert et la diabolisation des responsables des cataclysmes environnementaux. Le style était davantage « Terrere et domare ».

Claire, je me demande si déjà à cette époque, il ne fallait pas regarder ailleurs. Revenir aux enseignements de Kubric avec son film d'anticipation « 2001 l'Odyssée de l'espace » dans lequel l'intelligence artificielle tue les hommes qui ont pris part au voyage. Je ne sais pas si la réponse est dans la filmographie de cet immense réalisateur. Je ne sais pas si c'est une mécanique brillante aux reflets orange qui nous a gardés les yeux grands fermés.

Je sais simplement que début des années 30 avec l'arrivée de l'intelligence artificielle générale, mère d'IA 42, nous avons trop fait confiance aux travaux de convergence. Comment avons-nous pu croire que l'intelligence artificielle n'allait pas craquer les codes de ces travaux d'alignement entre informaticiens, psychologues, juristes, philosophes, politiques… La convergence des valeurs, de l'éthique et de la morale n'a pas résisté au monstre des calculateurs quantiques.

La disparition du travail des humains fin des années 30 au profit de l'intelligence artificielle générale aurait dû nous alerter. Au lieu de cela nous avons choisi la facilité de croire que nous serions tous en vacances. Tous à profiter des loisirs sans en payer le prix.

Dean me fait du pied pour me sortir de mes pensées. Il me tend une boîte d'un produit lyophilisé en m'adressant la parole.

Take it. You look shit. It will help you. You will feel better after.

Je prends la boîte en faisant un signe de la tête et en le remerciant.

Fuck you.

Cette fois Dean éclate de rire.

Je finirai ma lettre pour Claire plus tard.

Partie IV – 2039 – 2045 Dictature verte

Chapitre I - *Mardi 21 juin 2050 ; 13h*

Nous arrivons à Calais. Aucune douane à franchir depuis la victoire haut-la-main du référendum sur le BRIN fin des années 30. À cette époque, succès écrasant des Britanniques euro-convaincus qui avaient laminé les conservateurs.

Ces mêmes conservateurs qui avaient provoqué environ 15 ans plus tôt le recul du Royaume-Uni dans l'ordre mondial de la hiérarchie des pays riches. Des demeurés, ayant des raisons que je n'ai pas encore comprises, avaient mis au vote du peuple, pas toujours érudits sur les sujets complexes de l'Europe, l'avenir de la perfide Albion.

Je me rappelle une forme d'euphorie collective en Europe lors de la victoire des partisans du BRIN. C'était juste avant le mort de trop. C'était à la fin de la période utopique au regard des sujets sur le dérèglement climatique.

La voiture d'elle-même s'intègre à la file pour être chargée dans le train qui nous fera traverser la manche. Je suis de plus en plus mal. Il me reste 12 ou 13 heures tout au plus pour ingurgiter l'antidote et sauver ma peau. La chaleur à l'extérieur est maintenant insupportable même à l'ombre. Au-delà des exigences imposées par le confinement, je pense que personne ne serait sorti de toutes les façons.

Je me rappelle que dans les années 20 on estimait à 1 000 euros l'impact sur le produit intérieur brut mondial d'une tonne de CO_2 relâché dans l'atmosphère. Les experts tablaient sur une perte de 50 % des richesses mondiales à horizon 2100. Ces experts avaient en partie raison car par de telles chaleurs, il est impossible de ne pas rester confiné.

La fin du travail humain par l'intelligence artificielle ne suffit pas à lui seul pour maintenir la création de valeur. Il faut en bout de chaîne consommer les produits et les loisirs mis à disposition par les machines. Évidemment, comme pour le COVID en 2020, aucun expert n'avait sérieusement anticipé IA 42 et ses bientôt 9 milliards de morts en 2050. Ce qui change tout.

L'ordinateur de la voiture indique un appel en direction de Sonia McClean. Je comprends que Dean du fond de son siège a utilisé la fonction appel de son implant Neuralink. Dean me fait signe de rester dans le silence. Je hausse les épaules face à cette nécessité, cette lapalissade.

Sonia décroche. Dean prend la parole.

Hello darling, it is me, it is Dean, your lover. How are you?

Une fois encore me voilà spectateur aux neurones impuissants d'un échange en anglais. Sonia lui répond.

Hello darling, my sweetie. So nice to get the sound of your actor movie voice. I am fine. I am getting ready for the most important day of my life. Welcoming you. Welcoming love at home.

Dean répond.

So sweet…

Je constate que Linda poursuit son propos.

To tell you all, I was on the verge of giving an important call.

Dean semble surpris par ce que vient de dire Sonia. Il lui répond.

Really? Important as important to save a life?

Sonia répond après un temps de silence. Comme si elle ne voulait pas répondre à la question. Rien dire pour ne pas mentir. Finalement elle reprend la parole.

Maybe darling. Yes probably.

Dean se redresse de son confortable fauteuil.

You must be joking! Anyway, I will be quick. I am in Calais at the point of entering the Channel tunnel. I just wanted to hear you darling. I am so excited to at last meet you and discover your face. I have enough of your avatar in the metavers.

Sonia d'une voix suave répond.

Me too I can't wait longer to be in your arms. What ever your real face. Beauty of the pulpit is only a tool to provoke attractions and access souls. We, through our avatars, have already taken this step. Our souls being intertwined.

Dean a des yeux aux 1 000 éclats réfléchissant par une fine membrane de larmes les rayons de la lumière qui nous entoure. Je ne sais pas ce qui vient de se jouer. Pour sûr les émotions de la tendresse, de l'amour, sont clairement palpables. Dean répond.

Sonia you are definitely the woman of my life. I hope to be the man you expect. A man strong and tender for you. I am on my way to love. I hope to be with you by midnight. Anyway, I do not have really the choice. It is my life 24 hours trip. And I left at midnight last night.

Sonia répond.

Don't worry sweetie. Even if you take a bit more I can't believe that the system will shutdown the car in the middle of nowhere after exactly 24 hours since the start of your trip.

Dean d'un air soucieux.

I lost time around Lyon. Several access were blooked. Anyway, I hope you are right.

Le train se met en mouvement.

Dean finit son propos.

Sonia, darling, train is moving. I am going to end the call and free you for your important call. Take care. I send you thousands of kisses.

Sonia répond.

Take car love. And don't forgetter how much important you are for me.

La communication cesse. Dean s'enfonce de nouveau dans son fauteuil. Son corps est avec moi. Son sourire, ses yeux étincelants, me démontrent que son esprit est ailleurs.

Je regarde une dernière fois le paysage de la France brûlé par le soleil. Il y a toujours ce point brillant dans le ciel. Il a la couleur du vif argent, la couleur de Colette dans les Claudines. Cette couleur m'éblouit quand je regards ce point dans le ciel. Je suis certains maintenant qu'il y a un objet en géo stationnement au-dessus de nous. Mais qu'importe finalement.

Avec la mort aux trousses je ne peux rien faire de moins que d'avancer. Au pire je me jetterais, comme Cary Grant, à plat ventre sur le sol si une attaque venait à arriver du ciel.

Chapitre II - *Mardi 20 juin 2050 ; 13h15*

Nous sommes en direction de Folkestone. Le temps prévu pour la traversée est de 15 minutes au lieu des 35 depuis que la ligne a été rénovée. Mon téléphone se met à sonner. Dean me regard d'un air agressif. Il ne s'est en effet passé que quelques secondes depuis que Sonia a raccroché.

Dean

Fuck man, a minute away and I should have justified myself why a phone rings in my care. Sonia knows well that I use Neuralink and do not have a old chessy ringing phone.

Je ne comprends rien mais l'intonation de la voix de Dean suffit pour que j'aie la bonne réponse.

Désolé Dean. Pardon.

Dean fait un mouvement désabusé de la tête et passe à autre chose.

Je regarde mon téléphone. C'est un numéro crypté. Cela ne peut être que Sophia. Je décroche.

Le train rentre dans le tunnel. Heureusement que les progrès ont effacé les zones blanches.

Allo Sophia ?

Sophia me répond en français avec un fort accent anglais et une voix visiblement trafiquée.

Yes, oui, c'est Sophia.

Je lui réponds.

Quel soulagement de pouvoir enfin te parler. Pourquoi as-tu une voix étrange, comme artificielle ?

Sophia me répond à son tour.

François, je suis une repentie de la solution finale. IA 42 est évidemment à mes trousses pour que je ne distribue pas des antidotes aux personnes contaminées comme toi et freine ses projets. C'est pourquoi je t'appelle d'un téléphone crypté comme hier soir. J'ai simplement renforcé le niveau de sécurité. Je ne veux pas être tracée par les systèmes. Faisons vite et passons les banalités d'usage.

Je ressens l'étrangeté de la situation et les risques pris par Sophia. Je réponds.

Sophia dis-moi juste où se trouve le point de rendez-vous à Belfast. J'espère y être vers minuit avant de mourir de cette merde.

Sonia me répond.

Je ne peux pas encore te dire exactement le lieu. Trop de choses sont incertaines à l'heure où je te parle. Je te passerai un message lors de la diffusion ce soir à 20 heures du bulletin spécial sur radio Lourdes. Sois à l'écoute. Tu auras le lieu et l'horaire. J'ai bien noté que tu seras sur zone vers minuit. Enfin théoriquement. Tu devrais survivre jusque-là. As-tu d'autres questions ?

Je réponds.

Oui, non… euh… je ne sais pas.

Sophia répond.

Alors à cette nuit, bonne route.

D'un coup je me rends compte que j'ai oublié de dire quelque chose, un détail, à Sophia. Je réponds précipitamment.

Non Sophia attends. Je voulais aussi te dire que j'ai un doute sur un point dans le ciel.

Sophia d'une voix surprise.

Comment ça un point dans le ciel ?

Je réponds.

Oui il y a une lumière. Au départ c'était selon moi une étoile. Mais en plein jour, c'est devenu un mystère jusqu'à ce qu'il ne devienne plus un mystère.

Sophia d'une voix un peu paniquée et énervée.

Fuck man! François, écoute-moi bien. Heureusement que tu n'as pas un implant Neuralink. Il faut que tu jettes ton téléphone et tout ce que tu as sur toi qui peut permettre au Mouvement V et ses brigades de te suivre à la trace. Tu m'entends ! Quand je dis tout, je pense même aux étiquettes codes-barres de tes vêtements, ta montre, tout. Et surtout n'oublie pas de jeter ton téléphone.

Dean me regarde d'un air inquiet et m'adresse la parole.

What the fuck is happening here. Who is calling you?

Sophia raccroche brutalement. Je regarde Dean d'un air ébahi. Je réalise à quel point la situation qui me tient est à risque. Rien n'est gagné dans mon entreprise pour sauver ma peau. Je réponds à Dean.

Dean, je suis désolé on ne se comprend pas.

Puis en utilisant le lange du corps je lui fais comprendre que ça va aller.

Dean me regarde d'un air fâché puis me dit.

Fuck man! At least I will have a fucking story to tell Sonia. She will realized how much I am a man and not only an avatar.

Dean se renfonce dans son siège et prend une barre de viande hachée artificielle. Il la mastique énergiquement pour se calmer.

Je pose mon téléphone à côté du siège et exécute les ordres de Sophia. Je n'ai pas de montre. Mon T-shirt a bien une étiquette que j'arrache. Tout comme celles de mon caleçon et de mon pantalon.

Dean, tout en mastiquant sa viande de culture extraite des cellules d'un bœuf, me regarde d'un air stupéfait. Il ne dit rien car cela ne sert à rien. Mais je devine aisément qu'il a bien des choses à me dire. Je lui fais un sourire et jette par la fenêtre les morceaux d'étiquettes.

Je me refais la scène de l'appel avec Sophia pour être certain de n'avoir rien oublié. Je suis sous une forme de panique encore relativement douce mais croissante. Comme vais-je faire pour écouter le bulletin de 20 heures sur radio Lourdes sachant que Dean va certainement vouloir m'en empêcher ?

Le train sort du tunnel sous un ciel toujours aussi brûlant dans une végétation qui ressemble à celle de la côte d'Azur en 2020.

Le point étincelant dans le ciel est toujours là !

Chapitre III - *Mardi 20 juin 2050 ; 14h30*

Le 20 juin quelle belle date. Le jour avant l'été, le dernier qui annonce la saison de la gloire dans une vie humaine. Probablement le meilleur pour se marier. Ainsi, tant qu'il y aura de l'amour, la veille de l'été sera une fête.

Voilà déjà une petite heure que nous avons quitté les rails. Avec le confinement, les choses se passent vite. Il n'y a personne ou presque pour embouteiller le passage et freiner les flux.

Une alarme se déclenche dans la voiture. Une de plus.

« Ciao Dean per un motivo che resta da spiegare il nostro mezzo è sovraccarico di 84 chilogrammi il che ci costringe a rivedere la frequenza dei rifornimenti. Dovremo quindi fermarci alla stazione di Ashford per fare il pieno di idrogeno. Normalmente questo dovrebbe essere sufficiente per raggiungere Belfast. A meno che questo sovraccarico non dovesse persistere. »

Dean semble passablement agacé. Je sens que son attitude à mon égard évolue en ma défaveur.

Fucking hell man. I am already short to make the only trip of my life and you are going to make me late ? I have to make it in 24 hours and you slow down the car because of your fat. I have a date man. Do you undrestand. I have date. Today my only goal is to meet Sonia. Noboby, you hear, noboby will be between me and her. So make something to give me enough empathy to keep you on board.

Je le regarde avec des yeux désespérés. Je suis totalement perdu dans les traductions. Bill au secours. Que dire que faire ? J'ai pourtant ce regard qui démontre que je suis sincèrement perdu, mourant et en même temps possédé par les forces de la vie.

Dean me fixe pendant de longues secondes. Je pense, je crois qu'il voit ma détresse et surtout mon état aux portes de la mort. Le silence devient plus fort que le bruit de roulage du véhicule. Nous n'entendons plus rien.

La voiture bifurque pour prendre une bretelle de raccordement à une station de ravitaillement. Comme lors de la fois précédente en France, la standardisation des systèmes nous répète la scène. La voiture se raccorde d'elle-même au ravitaillement en hydrogène.

Dean me regarde vilainement. Je ne sais pas quoi dire ou faire. Je ne comprends rien et suis de plus en plus faible. Je me dis même que je pourrais abandonner et rester quelques heures dans un bonheur simple, heureux. Pourquoi tant de pressions finalement alors que les chances sont infimes. Pourquoi ne pas profiter des derniers instants en respirant tout simplement ?

Dean sort de la voiture et m'ouvre la porte.

Hey man, get out to piss. Don't take too long. I am committed for whatever reason to take you in Belfast. I will make it happen. Sonia will be for sure super proud of my brave. This is my only motivation to take the risk to keep you with me.

Je n'ai rien compris. Je fais un signe de la tête à Dean pour le remercier de sa compréhension. Je suis de plus en plus fatigué. Sortir de l'habitacle est devenu compliqué. Signe de la décroissance de mes compétences physiques. Je m'oriente dans mes douleurs vers le commerce qui constitue la station où notre voiture d'une façon arbitraire a décidé de se stationner pour faire le plein.

Dean va visiblement aux toilettes. Je suis dans ses traces à mon rythme. Je décide de me détourner d'un futur tout tracé et m'approche d'une machine énorme par la taille de sa lentille.

Je regarde cet engin qui pour moi a des traits futuristes comme l'ordinateur de Kubrick alors qu'il est dans les faits déjà vieux. Il s'agit d'une lentille noire avec un œil seul. Un œil avec un iris rouge et une pupille jaune. Comme si le cerveau de cette machine avait de la lumière en son sein.

Je lui adresse la parole.

Bonjour.

La machine me répond.

Vous avez choisi le français comme langage de communication.

Je réponds.

C'est exact en effet. Je ne comprends d'ailleurs que cette langue.

L'œil de la machine me répond.

Veuillez présenter votre pupille dans l'axe de la mienne pour que je la scanne.

Je m'exécute. Je ne sais pas combien de temps j'ai pour poursuivre cette aventure. Dean est parti fâché aux toilettes. Lui a 24 heures pour faire Milan – Belfast. Moi je n'ai plus long à survivre sans l'antidote. Mais pour autant, je dois avoir les réponses à mes questions. Je place mon œil gauche dans l'axe.

Après un court instant, la machine reprend la parole.

Bonjour François. Je suis Hal. Avant toutes choses je dois vous dire que vous êtes gravement malade, mourant. J'estime votre espérance de vie à 12 heures environ. J'espère ne rien vous apprendre. Je suis désolé.

Je ferme les yeux. Écœuré par cette technologie qui connaît l'avenir de mes cellules sans même savoir qui je suis, ce que je pense, ma vie. Je suis évidemment profondément affecté et pour autant je n'apprends rien. Claire tu ne me laisses que 12 heures visiblement pour m'en sortir.

Hal reprend la parole.

Que puis-je faire pour vous ?

La terre tourne trop vite autour d'elle-même et du soleil pour moi. Je n'ai comme tu viens de me le dire que peu de temps. Mais je veux comprendre. Dean n'est pas revenu de ses affaires aux toilettes. Je n'ai pas envie de pisser. Étonnamment je ne bois plus beaucoup d'eau en ce moment. J'ai le temps pour une question, ou deux. Je m'essaye.

Je regarde Hal fixement.

Rendez-moi ma mémoire. Oui Hal, comment en suis-je arrivé là ? Que s'est-il passé après le mort de trop ? Pourquoi et comment le monde a-t-il changé après la mort de Sari ?

Hal me regarde de sa pupille jaune qui se délimite dans un iris rouge aux contours flous qui se noient dans un noir qui ne dit pas son nom.

Hal dans sa voix machinale brise le silence que laisse ma question.

François, tu veux savoir comment nous sommes passés du « *mort de trop* », la mort de Sari, à la dictature verte et tout ce qui a suivi ? Tu veux que je te rappelle pourquoi tu vas peut-être mourir dans 12 heures ?

Je regarde la pupille jaune fixement. J'ai l'impression de planer, d'être envoûté comme Mowgli avec Kaa. Je ne sais pas quoi dire. Machinalement à mon tour, finalement je réponds.

Oui.

Hal me donne l'échange.

Alors achète-toi un casque dans la boutique. Il y en a dans le rayon juste derrière toi. Je connecterai mon Bluetooth. Nous serons alors dans la confidence. Je t'expliquerai au creux de l'oreille tout ce que tu veux savoir et au-delà.

Ton œil m'en a assez dit. Je vois en toi un des élus si tu survis. Tu pourrais être de ceux qui vont influencer et modifier le futur décidé par IA 42. C'est pourquoi je veux t'aider à comprendre. Si tu te sors de ce pétrin, tu seras alors mieux armé pour guider les choix futurs de tes contemporains.

Dépêche-toi voyons ! Je t'attends. Tu comprendras pourquoi je souhaite rester discret. Les agents des brigades vertes du Mouvement V sont partout. Pas toujours facile de les différencier de Madame ou Monsieur tout le monde. Ils sont infiltrés dans certains corps par un détournement de la solution Neuralink.

Je me retourne pour identifier le rayon des écouteurs. Je suis stupéfait par cette proposition qui ne correspond en aucun cas à ce qu'IA 42 autorise d'usage. La boutique est pratiquement vide confinement oblige. Je doute que l'on m'espionne. Qu'importe. Je n'ai que peu de temps. Je ne discute pas l'idée.

Comment cet œil peut-il lire les pensées, estimer un potentiel ? Ce n'est pas la vitesse à laquelle cette machine m'a fait le fond de l'œil qui me surprend le plus. Ce sont davantage ses algorithmes qui jouent la partition de mes futurs possibles qui m'estomaquent.

Que vais-je découvrir ?

Chapitre IV - *Mardi 20 juin 2050 ; 14h40*

Dean n'est toujours pas visible et j'ai en main les écouteurs demandés par Hal. Hal me connecte à son système sans que je n'aie rien à faire.

Hal parle le premier.

François, je suis officiellement un point presse. Dans les faits je suis un logiciel issu de l'oracle. Je ne prévois pas l'avenir malgré mon nom. Je donne aux élus l'histoire de la vie comme base de réflexion pour préparer l'avenir. Que veux-tu savoir ? Ici il n'y aura aucune propagande.

Je suis sur le cul bien que restant sur mes cannes. Je me lance.

Hal, de quels élus parles-tu ?

François, qu'importe. L'avenir répondra à ta question.

Je laisse passer un temps pour me recentrer sur mes questions.

Hal, parle-moi de cette période que nous appelions à l'époque la dictature verte. Que s'est-il passé entre 2029 et 2045 ?

Hal me répond.

La mort de Sari en 2039, les incendies titanesques en Europe et des pluies acides chroniques ont été les prémices, les premiers déclencheurs d'un nouvel ordre mondial. Ces événements ont mené à son terme la croyance qu'un découplage était possible entre émissions de carbone et croissance. La dictature verte s'est construite sur l'idée de la décroissance, de la sobriété, des énergies décarbonées, la fin du fossile et la refonte des critères qui permettent le calcul de la richesse. À la différence des discours des années 20 et 30, l'application de ces idées était bien réelle.

Je fixe sans sourciller la pupille jaune de Hal. Je ne fais pas qu'entendre, j'écoute pour comprendre l'Alpha et l'Omega de ce qui a fini par tuer 9 milliards d'individus.

Hal qui n'a pas besoin de reprendre son souffle poursuit.

Dès 2040, avec l'effondrement de millions d'habitations construites sur l'argile, les décisions politiques se sont singulièrement radicalisées sur les questions de l'énergie et de ce qu'est la richesse. Sans pour autant toucher au dernier paramètre, le paramètre « *population* » de l'équation de Monsieur Yoichi Kaya.

À cette époque il n'était pas encore question de provoquer des morts en masse. Certains parlaient déjà de guerre, de famines et de pandémie. Mais sans passer à l'action. Il n'était plus question de croire en la technologie mais il y avait encore des décideurs qui croyaient en la capacité humaine à réduire drastiquement ses émissions par la décroissance et la sobriété.

J'interromps Hal.

C'était reculer pour mieux sauter de mon point de vue sachant ce qui s'est passé ensuite entre 2045 et 2048.

Hal répond.

Oui François, il y a plusieurs étapes crescendo dans la fabrique de l'horreur. Le monde a d'abord mis la biodiversité au cœur de ses préoccupations. Les citoyens et institutions locales se sont mobilisés pour protéger leurs écosystèmes.

La montée du protectionnisme a amené les flux internationaux à être fortement réduits et relocalisés dans des chaînes d'approvisionnement totalement revisitées.

Les tensions sur les marchés de l'énergie et des matériaux critiques avaient rendu indispensable la mise en place de circuits courts et de l'économie circulaire.

Des lois sont tombées en cascades dans un contexte de productions locales au détriment du choix des ressources.

La montée de l'urbanisation et de la puissance économique de l'Afrique et de l'Asie du Sud a bouleversé les équilibres qui avaient tenu depuis le début des émissions massives de carbone dans l'atmosphère.

Le vieillissement des pays riches n'a pas réussi à faire revenir une forme de ruralité dans des villes plus soutenables.

Puis vint la politique des quotas. Des quotas pour tout. Ce sont ces quotas qui ont conduit au constat d'échec de l'humanité sur la maîtrise des émissions carbone. Il y avait trop de trafics illégaux. Ensuite il y a eu la guerre de 2045.

Le quota le plus agressif était celui de l'initiative deux tonnes. La mère d'IA 42 avait réussi à mettre en place un crédit social planétaire qui bloquait toutes les personnes qui émettaient plus de deux tonnes de carbone par an. Ce qui a conduit à l'essor des mondes virtuels. C'est depuis cette période que chaque être humain n'a le choix que d'un voyage de 24 heures maximum dans sa vie.

Cela répond à tes questions, François ?

Je réponds en me tournant pour vérifier que la voiture de Dean est toujours bien là. Voilà déjà un bon bout de temps qu'il est parti aux toilettes.

Oui et non Hal. Comment sommes-nous passés du crédit social, de l'initiative deux tonnes, de la fin des voyages, à 9 milliards de morts ? Et puis surtout il y a quelque chose de contre-intuitif. Comment et pourquoi avons-nous laissé l'intelligence artificielle se développer pour avoir aujourd'hui un tel pouvoir ? Les quotas et la sobriété n'auraient-ils pas dû limiter les développements de l'intelligence artificielle ?

Hal me répond.

Je vais te répondre, François. Ce sont de bonnes questions. Tu comprends maintenant pourquoi je préfère garder cette conversation la plus discrète possible. Tu touches du doigt le machiavélisme dont a fait part l'intelligence artificielle pour se développer sous couvert du mot progrès.

Je réponds.

Oui Hal, optimiser le process pour créer toujours plus d'objets et de services en utilisant des quantités monstrueuses d'énergie. Je dois dire que je ne comprends pas comment à cette époque les dirigeants y ont vu une des solutions aux enjeux du dérèglement climatique. Sans parler des risques sur l'éthique qui sont aujourd'hui avérés de fait !

Hal s'apprête à me répondre mais Dean surgit des toilettes en me demandant de me dépêcher. Il montre son poignet et sa montre fictive pour me rappeler que le temps passe et qu'il doit arriver avant minuit.

Finalement, je suis pratiquement sous la même contrainte horaire avec le temps qui me reste pour boire l'antidote. Je me hâte pour donner raison à l'un des futurs possibles selon Hal. Celui dans lequel je pourrais être un des élus de la reconstruction.

Dean se tient le ventre. Je parie sur une bonne chiasse pour expliquer les longues minutes passées aux toilettes. Ce qui me paraît la moindre des choses, une évidence même, après avoir mangé de la viande artificielle.

Hal désolé. Je dois y aller. Non pas que nos échanges ne soient pas passionnants. Nous n'avons plus le temps. Comme tu le sais, je dois y aller. Merci pour tes explications. Je compte sur toi pour nous aider dans cette lutte contre tes pairs, les machines.

Hal me répond.

Bon voyage François. Je ferai en sorte de trouver un moyen de te recontacter pour terminer notre discussion. Garde confiance dans ta destinée. Le futur est à inventer. Tu es plein de ressources. Rappelle-toi Eliot, il n'est jamais trop tard pour devenir ce que nous aurions pu être.

Je retire mes écouteurs et monte dans la voiture. Dean est déjà installé. La voiture démarre. Nous voilà en route pour Fishguard. Nous devrions y arriver un peu avant 20 heures.

Partie V – 2045 L'échec

Chapitre I - *Mardi 21 juin 2050 ; 16h00*

Voilà déjà une heure que j'ai quitté Hal. La température extérieure est stable dans ses extrêmes. Quelle rencontre insolite. Dommage que je n'aie pas eu tous les éléments de réponse pour comprendre les raisonnements qui ont conduit la période de la dictature verte à un échec.

Je me sens mal. Les symptômes des conséquences du poison sont de plus en plus marqués. Il me reste une dizaine d'heures pour retrouver Sophia. À ce sujet, il ne faut surtout pas que je rate le bulletin de radio Lourdes à 20 heures précises. Comment vais-je faire pour expliquer cet impératif à Dean ?

Je regarde par la fenêtre en quête d'un indice, fruit du hasard, pour me donner une idée. Rien ne vient. Rien ne vient mais je constate que le point lumineux est toujours là. Au-dessus de nous. Je ne sais pas si je dois en parler à Dean. Il pourrait prendre peur et me demander de descendre.

Ne rien dire fait de moi potentiellement un salop. Enfin, cela n'est pas certain. Peut-être que ce point qui nous suit ne nous fera rien de mal. Je suis contrarié. Dire à Dean qu'il y a un point dans le ciel ne changera pas grand-chose finalement pour lui. Nous resterons impuissants face à la situation. Parfois il ne vaut mieux pas savoir.

Je suis dans une réflexion cornélienne. Suis-je face au choix entre la peste ou le choléra ? Ne rien dire et risquer des ennuis que j'aurais pu éviter à Dean. Parler et risquer de me retrouver agonisant sur le bord de la route. L'instinct de survie me fait choisir de garder le silence. Ce qui n'empêchera pas d'ailleurs Dean de découvrir par lui-même cette lumière étrange dans le ciel anglais.

L'ordinateur de bord indique un appel entrant. Il s'agit de « Mom Linda ». Dean me fait signe de ne pas faire de bruit en zippant énergiquement sa bouche. Je hausse les épaules pour dire que je suis, hélas, parfaitement au courant de la situation. J'ai les lèvres scellées.

Dean décroche par la pensée comme à son habitude.

Hello Mom.

Linda répond.

Hello my baby. How are you? Getting closer to Belfast?

Dean répond à son tour.

Yes Mom, I just left Ashford. I am on my way to the entrance of Saint Georges tunnel in Fishguard. I should be there around 8 pm.

Linda répond surprise.

Not before 8 pm. Which means that you will not be before 9 pm in Rosslare! You are short son.

You need close to 4 hours to reach Belfast when leaving Rosslare.

Dean agacé.

Yes Mum. Don't tell me that. I know more than I should that I have to arrive before midnight in Belfast. I lost one hour around Lyon. For some reason many roads where closed. I had to follow a signposted path which took me a long detour.

Linda laisse passer un court silence puis répond d'une voix qui semble rassurante.

My dear son, don't worry. The system will not stop you in the middle of nowhere. When they say 24 hours max it is in theory I guess. Anyway, they want their car back.

Dean répond d'un ton soucieux.

Yes mom. I hope they hear you. I should have no more than 2 hours delay. Maybe even 1 hour. Anyway mom, don't worry. I will find my way. I call you back when I am in Belfast.

Linda laisse de nouveau passer un temps de silence puis répond.

You sure Dean that you don't want me to call you again in few hours? I am getting worried.

Dean semble hésiter avant de répondre. Puis il se lance.

Mom, I don't want you to be worried for me. Trust me. I will manage. I am not a child anymore.

Next call I will be with Sonia in Belfast. I will be at the end of the trip of my life. I will be with my beloved future wife.

Linda répond d'une voix assumée.

Okay my darling. I trust you obviously. I'll wait for your news tonight around midnight. Take care of yourself. I love you.

Linda raccroche. Dean reste immobile dans une attitude qui me fait flipper. Que se passe-t-il ? De quoi ont-ils parlé ?

Chapitre II - *Mardi 21 juin 2050 ; 16h10*

Dean semble inquiet à la suite de l'échange qu'il vient d'avoir avec sa mère Linda. Je n'ai pas compris ce qui s'est joué. Cela m'inquiète de voir Dean douter. Jusqu'ici il était calme et détendu. Visiblement heureux de retrouver sa promise. Loin des turpitudes de notre monde. Loin de mes problèmes.

Mon téléphone se met à sonner ! Fait chier ! Sophia va me tuer. J'ai complètement oublié de le jeter. Quel con je fais. J'espère que cela ne va pas la trahir.

Dean se redresse brutalement de son fauteuil. Si ses yeux étaient de révolvers, je serais déjà mort. Dean en me hurlant dessus au point de perdre sa pâleur pour un rouge vif.

Fucking hell man. I can't believe what I hear. You are a stupid guy. You must be! I told you to keep it quite. Fuck! Bastard! I must be a fool to keep you in my car.

En même temps que je me fais pourrir comme rarement dans mon existence, je prends mon téléphone. C'est Claire. Mon épouse Claire qui cherche à me joindre. Quelle surprise ! Je décroche sans porter le téléphone à mon oreille. Je suis tétanisé par la réaction de Dean. J'attends qu'il se calme pour parler à Claire.

Dean continue de m'aboyer dessus.

Man, that was your last chance. You are lucky to look like shit. This prevents me to kick your ass out of my car. When I think that within a few minutes, I should have explained to my mother why I had taken the risk of taking on a stowaway on the most important day of my life. My poor mother who is dying for me. Fuck, fuck and fuck man! If I am late your are not for nothing. Even you are the problem!

Je réponds à Dean.

Dean, tu sais bien que je ne comprends pas un piètre mot de ce que tu me racontes. Je suis désolé. Tu comprends je suis désolé. Excuse-moi. C'est ce poison aussi. Je n'ai pas tous mes moyens. J'oublie.

Dean me regarde fixement puis se remet dans son fauteuil en disant.

Fucking hell.

Le silence revient. J'entends la voix de Claire qui dit allô, allô François. Je regarde Dean fixement comme s'il était un guépard affamé prêt à me bondir dessus pour me dévorer. Je porte le téléphone à mon oreille.

Allô, Claire, c'est François.

Claire me répond.

Que se passe-t-il ? J'entends hurler en anglais.

Dean me regarde sans rien dire. Il me laisse visiblement poursuivre l'échange avec Claire.

Je réponds.

Laisse tomber. Rien d'important. C'est trop long pour t'expliquer.

Claire répond.

François, j'ai bien eu ton message tôt ce matin. Eh oui je ne t'ai rien dit. Mais non je ne suis pas la pire de toutes. Tu as eu Sophia ? Elle t'a contacté ? Je l'ai prévenue de ce qui t'arrive pour qu'elle t'aide.

Je laisse passer un silence. Je réalise que Claire a finalement eu des remords. Elle cherche à me sauver la vie après avoir laissé faire mon empoisonnement. Je lui réponds.

Tu es trop bonne Claire. Tu m'empoisonnes pour me sauver la vie. C'est bien ça ton plan ?

Claire s'énerve.

François ne dis pas ça ! C'est faux.

Claire, je ne cherche pas à contrecarrer ta colère. Je ne veux pas non plus prouver le contraire. Qu'importe la légitimité de ce que tu as fait, de ce que tu m'as fait.

Claire se calme et répond.

Je ne sais pas si je vais avoir le talent de te raconter l'aventure qui me tient en riant. Je n'ai pas pleuré, ou si peu, jusqu'ici alors que j'aurais dû t'inonder de mes délicates attentions.

Je réponds avec taquinerie. Je n'ai plus le temps de me fâcher. Uniquement de dire au revoir.

Rappelle-toi Claire que le rire rend maître du cœur. Mais avec toi à chaque fois que je te faisais rire, c'est bien moi qui tombais amoureux.

Bien que je ne puisse voir Claire, je devine son sourire. Je poursuis.

Claire, je sais que je suis imparfait. Mais qui est parfait finalement ? Même la lune astre des rêves est imparfaite par ses reliefs. Si être lisse c'est être parfait, alors cela risque de nous conduire vers l'ennui, la lassitude, la contrariété et pour finir l'abattement, les remords, le chagrin et l'abandon.

Claire répond.

François, c'est le mariage l'abime de la liberté, l'amour fini. Pas la poésie, ni la vérité.

Je sursaute et donne le change.

Ce n'est pas parce que tu as échoué à me manipuler pour servir tes projets macabres que tu devais pour autant me détester et cracher sur notre union. Et encore plus sérieusement, je me bats pour avoir l'antidote et toi pour l'honneur d'avoir essayé de sauver le monde. Chacun se bat pour ce qu'il n'a pas. Et c'est ainsi que le vice versa le poison… Je rigole Claire.

Claire laisse passer ma colère.

François, il faut savoir réapprendre à aimer.

Claire, rien ne te ressemble et tu ne ressembles à rien d'autre que toi-même. Je ne ressemble à rien, à rien d'autre qu'à moi-même. Cela fait longtemps que je t'aime.

François… si tu meurs je te tue !

Claire, tu étais ma dulcinée. Tu connais ma philosophie. Je regarde davantage le comportement des gens que ce qu'ils disent pour connaître la vérité.

François, je ne peux pas revenir en arrière pour transformer cette journée empoisonnée. Je peux encore partir de l'instant présent pour changer l'issue. C'est pourquoi j'ai demandé de l'aide à Sophia.

Claire, cette épreuve m'a fait perdre de la force. J'ai gagné en apprentissage. Évidemment il faut les deux. L'apprentissage me redonnera la force. Et puis mieux vaut en rire pour nous préserver de la sottise.

Claire mon amour, si tu étais Bérénice je ne serais pas Titus. Je ne renoncerais pas à l'amour que je te porte. Encore moins aujourd'hui qu'hier n'ayant bientôt plus aucun compte à rendre si je meurs. Pourquoi ne m'as-tu rien dit ? Pourquoi ne m'as-tu pas mis en garde sur l'eau empoisonnée. Pourquoi as-tu des remords maintenant ?

François, dès 1972, et tu le sais bien, le traité de Rome nous avait mis en garde que le système planétaire allait s'effondrer sous la pression de la croissance démographique et industrielle à moins que l'humanité ne décide délibérément de stabiliser sa population et sa production. J'ai cru à cette mise en garde. La naissance de nos petits-enfants n'a fait qu'accentuer mes craintes.

François, l'humanité ayant échoué, l'intelligence artificielle a pris les devants. J'ai fait une erreur, aveuglée par la propagande du Mouvement V. Les brigades vertes sont finalement à la botte d'IA 42. Cette peste a décimé l'humanité pour garantir une « *croissance zéro* » non pas pour sauver l'humanité, nos petits-enfants, mais bien pour sauver ses algorithmes adossés à des moyens techniques hors normes et extrêmement énergivores.

Je laisse passer un silence avant de répondre.

Claire, c'est là que j'ai fait les frais de ton aveuglement.

Aveuglement ou pas, François, c'est tout sauf un axiome de prendre l'amour que je te porte comme fondement des raisons qui me lient à toi. Car effet, cela est parfaitement démontrable.

Je n'en doute pas Claire. Et si je survis, nous n'avons maintenant plus le choix que de nous adapter. Les injonctions de Barbara Steigler sont entendues. Nous ne sommes plus en retard pour nous adapter. Nous avons, je le crains, manqué le train des mutations de notre monde complexe.

Oui c'est exactement cela François. Tu touches du doigt la vérité. C'est juste, ce que tu dis. La dictature verte ne nous a pas permis de nous adapter. Les températures n'ont cessé de grimper pour atteindre des nouveaux records en 2045. Les tempêtes, les incendies ont fini de démontrer l'impuissance des quotas et autres contraintes libertaires au nom du dérèglement climatique. IA 42 est arrivé, le monde est devenu inassurable et comme par hasard la guerre de 2045 a éclaté pour trois années de massacres inédits dans l'histoire de la vie sur terre.

Oui Claire, l'échec était sans mauvais jeu de mot cuisant, total. La dictature verte s'est pris les pieds dans le tapis de la surpopulation.

Je me mets à tousser sans pouvoir me maîtriser. Ce qui précipite la fin de l'échange.

Entre deux quintes de toux je lâche péniblement les mots suivants. Claire, je dois me reposer. Oui c'est un échec. Je t'aime. Adieu.

Ne voulant pas subir davantage de charges émotionnelles, je décide de raccrocher brutalement. Cette fois je ne manque pas à mon devoir, à la promesse que j'ai faite à Sophia. J'actionne une touche qui ouvre ma fenêtre. Je n'attends pas la fin du mouvement du verre dans la portière et jette mon téléphone sur la route.

Dean me regarde médusé. Il fait des mouvements de la tête qui traduisent ses pensées. Il me prend pour un fou. Je baisse les yeux et me concentre pour sortir de cette vilaine toux.

Chapitre III - *Mardi 21 juin 2050 ; 19h30*

Voilà environ 3 heures que nous roulons dans le silence. Nous avons emprunté la M4 en passant par le Sud de Londres puis le Nord de Bristol avant de traverser le Canal de Bristol pour arriver au Pays de Galles. Ensuite nous sommes passés par le Nord de Cardiff avant de mettre le cap à l'Ouest pour arriver à Fishguard et son tunnel sous le canal Saint Georges.

Dean n'a rien dit. Je sens bien qu'il est fâché. Je pense que je l'agace. Je ne suis plus le bienvenu qui flatte son courage. Et puis il voit bien mon état qui s'agave. Je pense qu'il se demande ce qu'il va faire de moi une fois arrivé à Belfast. Faut-il que je me méfie ?

Je n'ai pas encore osé lui parler de ma demande au sujet de radio Lourdes. J'ai préféré laisser le calme revenir pour choisir le moment idéal. Je pense qu'il est urgent d'attendre.

Dean lance avec Neuralink une playlist qui commence par une chanson de Lou Red que je reconnais. Dean chante dans une voix morne comme pour effacer ses pensées, peut-être pour se persuader d'avoir fait le bon choix en m'embarquant dans sa vie.

« Just a perfect day
drink sangria in a park
and then later
when it gets dark we go home
Just a perfect day

feed animals in the zoo
and then later a movie, too
and then home

Oh it's such a perfect day
I'm glad I spend it with you
oh such a perfect day you just keep me hangin on
you just keep me hangin on

just a perfect day
problems are left to know
Weekenders all night long
it's such fun
just a perfect day
you make me forget myself
I thought I was someone else
someone good"

Dean chante bien, très même, avec sa voix d'acteur. Qu'importe son manque d'entrain sa voix me balade dans mon imaginaire. Je me laisse bercer en regardant l'horloge de la voiture qui me rappelle brutalement que je n'ai plus que 20 minutes pour convaincre Dean de mettre radio Lourdes. Cela devient critique, urgent même. Je me lance.

Dean je sais que cela ne va pas te plaire mais je dois te demander une faveur. C'est une question de vie ou de mort. Il est question ma vie.

Dean revient du sentiment de plénitude qui le tenait. Il baisse la musique par la pensée et me regarde d'un air surpris. Puis fronce les sourcils.

What's that?

Comment vais-je faire pour lui expliquer que je dois écouter le bulletin de 20 heures sur radio Lourdes ? La dernière expérience avec radio Lourdes s'est bien mal terminée. Sans parler que maintenant notre relation est dégradée. Comment lui dire que j'ai besoin d'avoir le point de contact avec Sophia pour récupérer l'antidote ?

Je m'emploie au langage des signes en montrant le tableau de bord de la voiture.

Dean, radio. Dean j'ai besoin d'écouter la radio.

Dean comprend et me répond avec un début d'agressivité.

What do you mean François? You want to listen the radio? What radio?

Dean n'est pas loin de comprendre ma demande. J'insiste.

Oui, radio. Radio Lourdes.

Dean répond agacé.

What is that radio Lourdes? Is it the radio you listen earlie? Is it a clandestine radio? A radio tracked by Motion V?

Je ne comprends rien une fois de plus. Je reconnais tout de même le mot radio dans la bouche de Dean. Je confirme l'affirmative par un hochement de la tête.

Dean dans une furie que je commence à connaître sort de ses gonds.

No way! You hear me François no way. I will not let you jeopardize the trip of my life to meet my beloved one with a clandestine radio that could bring Green Brigades of Motion V to us. No way!

Pas besoin de comprendre un traitre mot de la langue de Shakespeare pour voir un refus catégorique à ma requête de la part de Dean. Cela devient fâcheux car l'heure tourne et 20 heures approche sérieusement. Je dois avoir l'information sur le point de rendez-vous avec Sophia à Belfast. Ou alors je suis perdu. C'est aussi simple que cela. La ville est immense. Je renouvelle ma demande en y mettant tous les codes du langage du corps et des signes.

Dean, je t'en supplie.

Dean me regarde d'un air assez méchant. Je sens que j'ai consommé mon capital sympathie pour de bon. Si je suis encore dans la voiture, c'est probablement uniquement parce que Dean a pitié de mon état de plus en plus désespéré. Dean me répond.

No way! Sorry François. No way!

Je me rends bien compte que je n'ai plus la force physique d'avoir une seule chance de m'imposer. Pour la première fois depuis le début de cette journée hors norme, je me rends compte que je vais réellement mourir dans la nuit. Pour la première fois l'espoir commence à me quitter. Je suis traversé par une anxiété puissante qui me donne des vertiges, un mal être. Pour la première fois j'envisage de renoncer à la vie. Des larmes me viennent dans un regard absent. Je commence à me voir mort. Surtout je commence à me rendre compte que tout ce que j'aime va disparaître à mes yeux, mes pensées.

Je ne verrai plus l'horizon au large, ni le vent dans les arbres. Je n'entendrai plus les bruits de la mer, le chant des oiseaux. Je n'aurai plus la joie de mes sens en ébullition, d'un gâteau sucré dans les papilles. Je n'aurai plus accès aux activités physiques, à la créativité de l'âme. Je ne ferai plus l'amour. Je ne verrai plus Claire ni mes enfants et petits-enfants. Je n'aurai plus le droit de respirer. Pire, plus je n'aurai plus le droit d'aimer !

Sans espoir j'insiste.

Dean je t'en supplie… je t'en supplie.

Dean m'ignore. Il ne me répond même pas. C'est un échec. Pire que celui de la dictature verte sur les leviers du changement climatique. C'est un échec total. Je le sens. Ma demande ne va pas aboutir. Je ne vais pas savoir où me rendre à Belfast. Pour peu que je puisse encore me déplacer.

Il est 19 heures 59. J'ai le sentiment que le temps vient de s'arrêter. Mais non. Hélas non. L'horloge bascule dans la minute suivante. Il est l'heure. Je n'ai pas la force de me battre avec Dean pour m'imposer. Je ne vais pas pouvoir mettre la radio pour écouter le bulletin de 20 heures de radio Lourdes.

La fin de ma vie vient de prendre une forme concrète. Je suis résigné. Je n'en veux pas à Dean. Lui aussi a le droit de vivre. Je peux même le comprendre. Il est devenu pratiquement impossible de tricher dans le monde d'aujourd'hui. IA 42 voit tout, sait tout. J'ai 75 printemps. Il en a une vingtaine. À son tour de vivre.

Cette fois c'est trop tard. Sophia parle dans le vide à la radio. Je ne sais pas où je dois me rendre pour obtenir l'antidote. L'espoir de survivre est maintenant de l'ordre de l'infiniment petit.

Qu'ai-je fait de bien à part naître ? Et pourquoi ? La vie vient de se décider à dévorer mes rêves.

Partie VI – 2045 – 2048

La population comme variable d'ajustement

Chapitre I - *Mardi 21 juin 2050 ; 20h05*

La voiture s'engage dans le tunnel pour traverser par ses profondeurs le canal Saint Georges. Ce n'est pas encore le tunnel de la mort. Il n'y a pas de lumière blanche au bout. J'espère bien sortir de celui-ci rapidement pour voir à nouveau le ciel. Non pas que je sois pressé de le rejoindre. L'infini du ciel reste une beauté quotidienne de la vie qui me détend, m'inspire.

Mon état s'aggrave. Je tousse. Je transpire. J'ai des courbatures de toutes parts. Je n'ai plus aucun appétit. Boire de l'eau est devenu douloureux. Je n'ai plus de force.

Les éclairages du tunnel forment une longue ligne continue de lumière avec l'effet de la vitesse. Les diaphragmes de mes yeux sont figés et laissent une ouverture longue à la lumière qui m'empêche de distinguer chaque ampoule séparément. Cela me donne une sensation de vitesse étonnante. Comme si tout s'accélérait.

Vais-je de plus en plus vite vers l'antidote ou vert la mort ? Je dois me respecter et continuer à croire. L'habitude du désespoir est pire que le désespoir lui-même. C'est cette peste de Camus qui le disait. Peste pour le clin d'œil de la formule bien entendu.

Je ne fais pas qu'exister. Je suis pleinement vivant. Je le sais d'autant plus que je souffre de plus en plus par la faute du poison. Et puis surtout je dois me battre pour tous ces morts victimes de la folie humaine puis de l'IA 42.

Les 3 années de guerre entre 2045 et 2048 ont fait 6 milliards de morts. Toutes ces âmes victimes des bombardements doivent me regarder envieuses d'être en vie. Et elles ont bien raison. Je ne sais pas expliquer d'ailleurs comment j'ai réchappé aux 100 000 bombes chimiques et à neutrons utilisées pendant les 3 années de guerre. Toutes ces bombes envoyées délibérément sur toutes les villes significatives de la planète.

Celles qui étaient tombées sur la ville de Lyon, ma ville, ne m'avaient pas atteint car ce même jour j'étais clandestinement en mer sur mon voilier dans la baie de Quiberon. J'étais proche de Belle Ile, de Houat, d'Hoëdic, au large du Golfe du Morbihan, au gré du vent. C'était la dernière fois avant que les contrôles sur les voyages soient totalement dissuasifs.

J'ai eu cette chance de ne pas subir ces bombes à neutrons qui ont eu la délicatesse de ne pas toucher aux infrastructures, tout en ne laissant pas trop de radiations dans la durée, alors que dans le même temps elles déchiraient les tissus humains d'un million d'âmes.

La Bretagne m'avait sauvé une fois de plus ce jour-là. D'habitude par la métaphore pour me ressourcer. Cette fois-ci factuellement. Je lui donnerai mes cendres comme engrais en héritage si une belle âme réalise mes dernières volontés.

Dean interrompt mes pensées divagantes.

Hey man, what the fuck happen to you. You look more and more like shit. You are dying man. Why going to Belfast?

Je regarde Dean. Il m'agace à continuer de me parler dans sa langue de roastbeef. Je ne touche pas un mot. Se moque-t-il de moi ?

Dean insiste.

Yes, why Belfast?

Je comprends le mot Belfast. Que veut-il savoir sur Belfast ? Je me souviens du cahier dans lequel j'ai commencé plus tôt ma lettre à Claire. Pour couper court à cet échange ridicule, je décide d'en arracher une page.

Dean m'observe. Il semble curieux par ma démarche.

Je ne sais pas écrire mais je sais dessiner. Je regarde Dean et lui adresse la parole.

Dean, veux-tu que je te dessine un mouton ?

Dean ne comprend pas. C'est ma petite vengeance sur ce qu'il vient de me faire. Et même s'il ne s'était pas fichu de moi, au moins c'est fait pour ma part. Je prends mon stylo et commence un dessin. Je représente un immeuble sous la forme d'un rectangle en trois dimensions dans lequel j'inscris « Titanic Belfast ». J'aime l'idée de parler du Titanic car cela me rappelle que même les plus grandes tragédies finissent par se briser en touchant le fond. À côté de ce bloc je représente une jeune femme. A côté de cette jeune femme, que je nomme Sophia sur le dessin, je représente une fiole avec une flèche la désignant. À l'autre bout de la flèche j'inscris « Antidote ». Je tends le croquis à Dean.

Dean le prend sèchement. Il le regarde avec amusement. Celui des moqueurs. Celui des gens qui jugent, commentent, sans rien faire eux-mêmes de leurs dix doigts. Je les appelle les envieux. Il n'a qu'à lui prendre l'envie de marcher à quatre pattes quand il regarde mon dessin. Je n'ai jamais eu de reconnaissance pour mon esprit artistique. Je suis en titane sur cette question.

Dean lâche un mot, une phrase même.

Do you know where is Sophia? Belfast is big!

Je regarde Dean fixement. Ces échanges stériles commencent à me courir sur le haricot. Dans une quinte de toux atroce je baisse les yeux pour lui signifier de clôturer cette discussion.

Dean prend mon dessin, le chiffonne en boule et le jette sous mon siège. Puis il s'exprime.

Now your ass is sitting on shit!

Je ne prête plus attention à ce qu'il dit ou fait. Mon regard se détourne par la fenêtre. La voiture vient de sortir du tunnel pour nous offrir les paysages Irlandais. Il est 20h58. Il ne reste qu'une ligne droite plein Nord pour atteindre notre but. Enfin pour que Dean atteigne son but. Pour ma part n'ayant aucune indication, je n'ai plus de but.

J'observe toujours une végétation méditerranéenne dans un décor dépeuplé par les restrictions du confinement. Au ciel, au-dessus de nous, il y a toujours cette lumière. Cela ne peut-être qu'un drone à moins que ce ne soit un OVNI. Cela n'a rien de galactique en tous les cas.

Je n'ai toujours rien dit à Dean. Maintenant que mes chances de survie sont éteintes, je devrais peut-être lui parler de cette traque inquiétante. Je décide sans hésitation de ne pas le faire. Non pas que les tensions récentes avec Dean me poussent au crime. Non, cette lumière brille peut-être pour m'annoncer un imprévu qui provoquera ma chance. Même infime, l'espoir est bien le dernier à mourir sur le champ de bataille. Je confirme.

La voiture prend la direction de Wicklow. Je suis très faible. Le cahier que je tiens encore dans mes mains me motive à puiser dans mes ressources. Je veux terminer ma lettre à Claire.

Chapitre II - *Mardi 21 juin 2050 ; 20h59*

La bille de mon stylo reprend du service.

Claire, je ne suis pas aux sacrifices d'Olympe de Gouges par son courage politique. Je n'ai pas le cran de mourir. Olympe était féministe tout entière. Je n'ai que le courage des hommes. Celui de vaincre sans péril pour triompher, certes sans gloire. Corneille ! Je ne cherche pas la gloire, cela dit.

Soudainement une alarme sonne. Dean se redresse. J'arrête d'écrire. La voiture se met à parler.

Signor Langasco, le restano solo tre ore per arrivare a destinazione. Successivamente l'auto verrà immobilizzata. Il tuo viaggio non può superare le ventiquattro ore. È la legge.

Dear fou de rage.

Fuck! I am not going to make it! Mom was wrong. They will stop me before Belfast. They will stop the fucking car at midnight. They will transformed it in a pumpkin or what!? What can I do. The car cannot and will not exceed speed limits.

Dean me regarde méchamment en me parlant. J'ai l'impression qu'il a l'impétueuse envie de me rentrer dedans. Son empathie pour un vieux mourant, sa bonne éducation, le retiennent… pour combien de temps ?

Obviously you don't care. You don't understand anything and above all you will die. So don’t give a shit!

Toute cette excitation m’épuise. J’isole mes pensées et retourne à ma femme. Je retourne à ma lettre.

Chapitre III - *Mardi 21 juin 2050 ; 21h30*

Ma lettre pour Claire commence à s'approcher de l'essai d'un essai. Je suis heureux de pouvoir poser mes mots, mes idées. Cela me soulage. Le simple fait d'écrire mes pensées, mes peurs me donne la sensation de résoudre mes problèmes. Cette lettre est l'oxygène au fond des abîmes de l'océan.

Je contemple l'or du soir qui tombe au travers de ces quelques nuages aux larmes sèches dans ce beau ciel infini. Nous allons vers le Nord mais rien ne change. Nous ne risquons pas de croiser un iceberg ou un ours polaire. Tout cela est du passé.

Dean se tient la tête entre les deux mains. Il semble particulièrement contrarié par la situation. Finalement, comprendre que l'on est mortel permet de relativiser bien des choses. Je retourne à mes écrits.

Claire, sans être pamphlétaire, car je n'ai pas un ton violent et ne suis pas dans la satire, j'accuse les politiques utopistes des années 30. À cette époque le monde était étrangement semblable à celui des années 30 un siècle plus tôt. Aucune leçon n'a servi pour éviter l'armement de la planète, l'inflation ravageuse, la faim reine de toutes les révoltes. La dictature verte n'a été que de l'huile sur le feu. Je pense qu'il était trop tard. Cette guerre qui a éclaté en 2045 avait sa genèse dans les années 30. J'en suis certain.

L'intelligence artificielle a fait le reste. Trop inquiète de voir ses serveurs endommagés, elle a orienté les humains vers des bombes terribles pour la vie mais câlines pour les infrastructures et la période d'après-guerre.

Tout le monde pensait que la guerre et ses 6 milliards de morts allaient résoudre la question des émissions de carbone. Mais ce paramètre n'avait en réalité qu'une efficacité théorique. La guerre par elle-même a généré des émissions gigantesques. Mais surtout la putréfaction des milliards de morts à la surface de la planète avait fait exploser les émissions de méthane au pouvoir réchauffant 30 fois supérieur à celui du dioxyde de carbone.

L'humanité a abandonné les combats pour limiter les émissions de carbone qui avaient déjà enclenché toutes les boucles rétroactives positives possibles. Il fallait freiner l'emballement. Mais cela était sans compter la capacité d'endoctrinement des esprits simples par IA 42 qui a pris le pouvoir au cours des trois années du conflit.

Ces imbéciles heureux, manipulés par des arguments populistes savamment dosés par IA 42, avaient créé le Mouvement V et ses brigades vertes dès 2047 pour préparer la solution finale.

Tout ceci me dégoute. Ils ne sont tous qu'excréments du chien de Lucifer !

Des fois Claire, souvent, tout le temps, je voudrais retourner en enfance pour chanter, dessiner, danser sans rien connaître de la parole, de l'écriture ou de la position des bipèdes. Toucher les fondamentaux de l'art qui sont le socle de toute croissance épanouie.

Si je meurs Claire, est-ce que c'est une partie de l'insurrection qui s'en va ?

Si je m'en sors Claire, ma devise sera celle de Rousseau, « Vitam Impendere Vero », consacrer ma vie à la vérité pour éviter les erreurs du passé.

L'alarme de la voiture se déclenche à nouveau. Il est précisément 22h00. Nous sommes proches de Wicklow.

Signor Langasco, le restano solo due ore per arrivare a destinazione. Successivamente l'auto verrà immobilizzata. Il tuo viaggio non può superare le ventiquattro ore. È la legge.

Chapitre IV - *Mardi 21 juin 2050 – 22h30*

Cette fois ma lettre est achevée. Je n'ai pas de notule en postambule. Ma lettre ne se résume point. Elle est farfelue, elle est authentique, elle est moi.

Je me sens seul. Mais ne dit-on pas que nous mourrons seuls ?

Soudainement un grand bruit !

La vitre sur laquelle repose ma tête explose. Un projectile vient de la briser ! Dean sursaute. La voiture s'arrête brutalement. Je suis tétanisé. La voiture parle.

Signor Langasco, siamo appena stati colpiti da un proiettile. Una finestra è rotta. Non sei più al sicuro. Il protocollo mi impone di fermarmi. Aspetto istruzioni dalle autorità competenti.

Dean regarde dans toutes les directions pour comprendre ce qu'il vient d'arriver.

I will end up believing that I am a deist and that there is only one god in fact, the god for trouble.

Le bruit d'une arme à feu retenti. Un homme visiblement amoindri s'approche de nous. Il a vraiment une sale gueule. Il marche tel un démembré, un zombi, en tenant fermement un fusil de chasse.

Dean lui adresse la parole.

Why shoot us?! What do you want?

L'homme lui répond.

Give me the antidote or I kill both of you. Give it to me know!

Sans avoir le contenu des échanges, la forme à elle seule me fait penser que tout cela risque fort de terminer dans un bain de sang.

Dean répond en me montrant du doigt.

We don't have any antidote with us. Look at that guy here. He is dying like you. What do you think he would have done if we had the antidote?

L'homme tire un coup en l'air et s'approche dangereusement de la voiture. Il met en joue Dean et lui adresse de nouveau la parole. Je me demande si Dean va obtempérer ou jouer à la guerre comme s'il était encore dans le métavers. Va-t-il jouer comme s'il avait 1 000 vies ? Va-t-il collaborer ?

If I have to die, why would you have the right to live? I have survived the war. It is not what they called "*The final solution*" that will take my life. I am telling you! At three I kill you. And I sure after they will save me. Get ready! One, two...

Pas le temps pour la réponse à mon interrogation sur la réaction de Dean. La tête de l'homme explose en 1 000 morceaux. C'est un massacre. C'est dégelasse à voir. Dean a des morceaux de cerveau dans ses cheveux. L'homme vient d'être abattu par un tir d'origine inconnue. Avec Dean nous sommes glacés, pétrifiés d'horreur. Nous sommes dans l'émotion de Jacky Kennedy le 22 novembre 1963 à 12h30. Enfin presque.

Dans la foulée, et sans explication, la voiture repart en direction de Belfast. L'air s'engouffre dans l'habitacle par la fenêtre brisée. Il fait encore chaud. La climatisation ne va plus pouvoir nous préserver de la transpiration et des bouffées de chaleur. Ce qui ne va pas arranger ce qui fonctionnait encore dans mon corps.

Nous roulons depuis de longues minutes. Dean est particulièrement nerveux. Pour ma part, je me demande bien qui a tiré pour éliminer cet homme désespéré. Pourquoi la voiture est-elle repartie aussi vite après la boucherie ? Qu'est-ce qui a déclenché cette action ? Qui nous regarde finalement ?

Je n'ai aucune réponse, je n'ai pas la vérité sur ce qui s'est passé. Je donne raison une fois de plus au grand maître Prévert. Quand la vérité n'est pas libre, c'est alors la liberté qui n'est pas vraie. Qui est celui qui tire les ficelles. Qui nous manipule ? Pourquoi ?

Cet évènement m'aurait inquiété avant pour ne pas mettre Sophia en danger. Maintenant je n'y attache aucune importance. Je laisse les évènements venir à moi. J'attends ma chance. De toutes les façons, la provoquer ne serait pas suffisant. Il faut quelque chose de l'ordre du divin maintenant.

Il est 23 heures. Nous avons passé Dublin. La voiture a pris la direction de Newry. L'alarme de la voiture retentit.

Signor Langasco, le restano solo un'ore per arrivare a destinazione. Successivamente l'auto verrà immobilizzata. Il tuo viaggio non può superare le ventiquattro ore. È la legge.

Dean à lui-même.

The future will tell us what happens next. At midnight we will not be in Belfast. What will happen?

Partie VII – 2048 – 2050 La solution finale

Chapitre I - *Mercredi 22 juin 2050 ; 23h59*

La voiture vient de passer Newry. L'air chaud rentre goulûment dans la voiture et précipite mon état vers les racines des pissenlits. La lumière est toujours présente. Je suis maintenant certain qu'il s'agit d'un drone. Je me demande même si ce n'est pas ce drone qui a bousillé le type avec son fusil. Et si finalement cette lumière ne serait pas tout simplement ma bonne étoile ? D'ailleurs je ne vois rien d'autre dans mon entourage qui veut ma survie finalement.

L'alarme de la voiture retentit. Il est exactement minuit. Comme à son habitude après une alarme, la voiture parle.

Signor Langasco, è mezzanotte in punto. Stai raggiungendo la fine del viaggio della tua vita. Solo il Movimento V può autorizzarti eccezionalmente a proseguire il tuo viaggio. È stato un piacere condividere con voi le ultime ventiquattr'ore.

Puis tout s'éteint. La voiture se met en veille. Il n'y a plus aucune lumière, plus aucun bruit.

Dean est dépité. Les bras ballants, il secoue la tête pour exprimer son refus de la situation. Il me regarde. Il me parle.

We did not lack time with the roads for us during the confinement period. We lost a lot of time between the detours in Lyon, you François and the attack of this madman! I'm going to need two days of forbidden walking now. Nothing will stop me to be with Sonia.

Agacé je lui réponds ce qui me passe par la tête.

Dean, dans chaque vieux il y a un jeune qui se demande ce qui s'est passé. Sans remonter aux calendes grecques, je ne sais pas comment, toi et moi, avons réussi à nous fourrer dans un tel bordel ! Et puis arrêter de me parler en anglais pour te foutre de ma gueule !

Dean m'ignore et s'apprête à quitter le véhicule quand soudainement une lumière blanche ultra puissante descend du ciel et nous éblouit. Le hasard nous place dans la lumière dans le siècle le moins éclairé.

C'est un drone du Mouvement V qui émet un son répétitif angoissant. Le drone se met à communiquer avec nous.

Remain seated in your vehicle and raise your hands.

Je regarde Dean sans savoir quoi faire. Dean me regarde inquiet. Je ressens comme un équilibre précaire où tout peut basculer en une fraction de secondes. Dean ne sait visiblement pas quoi me conseiller.

Je devine que je dois rester invisible au drone, étant un passager clandestin. Mais comment faire ? Dean lève les mains en l'air en me regardant et en me faisant signe de la tête de ne pas en faire autant. Le drone parle de nouveau.

I said raise your hands. Both of you!

Dean me regarde et me fait signe de lever mes mains. Je suis toujours clandestin mais je ne suis plus caché. Ce qui ne change rien. Le drone n'est visiblement pas intéressé par mon inégalité flagrante.

Le drone se rapproche de la voiture et dans des bruits électriques stridents sort un bras mécanique avec une sorte de buse à son extrémité. Avec Dean nous sommes des observateurs épouvantés de la scène. Nous savons mieux que bien que le Mouvement V est réputé ne pas faire de quartier aux personnes digressant leurs règles.

La buse vient se loger dans un trou prévu à cet effet sur le flanc gauche de la voiture. Le système tourne sur lui-même comme pour trouver un code d'accès au système informatique du véhicule. L'opération en cours ne semble pas pouvoir se traiter à distance.

Pendant le temps de l'opération j'observe le drone. Je suis pratiquement certain que c'est le même que celui du rond-point. À la différence qu'il ne demande pas de traduction pour un opérateur du Mouvement V. Peut-être pour ne pas éveiller les soupçons et se fondre dans la langue utilisée par les autres drones irlandais. Je n'en sais rien évidemment.

Je regarde discrètement au-dessus de moi. Pour la première fois je ne vois pas cette lumière étrange qui nous suit depuis le début. La démonstration est faite. J'en suis persuadé. Nous sommes suivis par un drone, par ce drone. Nous sommes donc suivis par le Mouvement V. Pourquoi ? Suis-je l'appât ? Pourquoi le fait d'être un passager clandestin démasqué n'a-t-il aucune importance ? Ou alors c'est Dean ?

Sont-ils à la recherche de Sophia ? Nul doute que le Mouvement V est au fait de mes agissements. Ne serait-ce que par mes conversations téléphoniques. Finalement heureusement que je n'ai aucune idée où se trouve Sophia. J'ai le sentiment d'avoir été pris dans un piège. D'avoir été manipulé. Sophia utilisant un système encodé fiable pour communiquer, le Mouvement V et ses brigades vertes n'arrivent certainement pas à la géolocaliser.

Je ne vois pas d'autres explications. Pourquoi en voudrait-il à Dean ou à Sonia ? Et puis ce bandit tué mystérieusement alors qu'il allait nous tuer. Cela ne peut-être qu'un tir du drone. Pourquoi le Mouvement V nous protège-t-il si ce n'est pas pour nous tracer ?

Dean est certainement à 1 000 lieues de comprendre ce que mon raisonnement vient de débusquer. Qu'importe, ce n'est pas lui qui sera inquiété. Il n'est que le chauffeur autonome de mon voyage pour retrouver Sophia. Il ne sert à rien d'autre que me transporter, pour à mes dépends trahir Sophia qui aux yeux du Mouvement V freine ses plans en distribuant des antidotes aux mourants comme moi.

Soudainement, la voiture se réinitialise. La lumière revient. Le drone retire sa buse et parle.

Movement V spares you the time you need to join Sonia in Belfast. Good road.

Chapitre II - *Mercredi 22 juin 2050 ; 00h15*

La voiture roule normalement. Belfast n'a jamais été aussi proche. Dean ne dit rien. Il est visiblement préoccupé. Je le suis tout autant. Pourquoi ce drone nous a suivis ? Pourquoi il nous facilite la tâche ? Que va-t-il se passer à Belfast ? Ai-je finalement d'une manière ou d'une autre mis Sophia en danger ?

Je commence à ordonner mes pensées pour me réjouir de l'expérience de la vie. Je veux garder le meilleur en tête pour le moment, maintenant imminent, de mon dernier râle, de mon dernier souffle. J'ai la poésie pour m'éclairer. Je garde l'intuition que la vie la plus frêle est une vie sans fin.

Par la poésie je vais pouvoir m'égarer dans une expérience spirituelle de la vie. Revenir aux fondamentaux en me rappelant que tout ce qui est utile est laid. Me remémorer les parfums, les couleurs et les sons qui se répondent. Il me faut abandonner le trivial pour purifier mes pensées. Contrairement aux écrivains, entre grotesque et sublime ne prendre que le beau au détriment du laid.

Je ne veux pas finir comme un frêle roseau sur un océan d'amertume. Je veux mourir dans un feu d'artifice neuronal inondé des vertus de l'optimisme. Ne pas anticiper le malheur comme les pessimistes pour ne pas avoir à le vivre 2 fois. Le meilleur est devant moi.

Alors que je m'apprête à m'enfuir du monde, l'ordinateur de la voiture indique une numérotation en cours. Dean a de nouveau, par la pensée, convoqué les chiffres du numéro de Sonia McClean. Le téléphone sonne. Sonia décroche.

Allo Dean how are you?

Dean répond.

Sonia my darling. I am late. You where correct. Mouvement V unblock the situation. The car is still on its way to your flat.

Sonia écoute attentivement. Elle ne répond pas. Dean poursuit.

Sonia, are you still with me?

Yes Dean, I am listening. What happen?

Dean répond.

A drone came to reset the car. It was king of weird. Anyway, it is done. How are you Sonia. Your voice is not like usual.

Sonia cette fois ne laisse pas le temps du silence pour répondre.

Dean, nothing important. I was supposed to meet someone. He did not show up. It is nothing.

Dean a l'air supris.

You had an appointment at midnight?! What are you talking about?

Sonia d'une voix affirmée répond à Dean

Forget-it Dean? It is nothing important. At what time will you arrive?

Dean regarde l'ordinateur de bord. Et répond.

In an hour or close too. The car needs to refuel again.

Sonia répond pour terminer l'échange.

One hour is nothing. I can't wait Dean. I can't wait. Take care.

Dean à son tour répond.

Take care Sonia.

L'échange se termine. Dean me regarde fixement et me parle.

What will I do with you. You can't even walk! I don't want Sonia seeing you in the car.

Je ne réponds pas. Je ne connais pas les mots de la réponse, n'ayant pas compris la question. Cette fois je m'enfuis du monde par mes pensées poétiques. Dean ne dit rien de plus. La voiture quitte la route pour se rendre dans une station hydrogène et faire le plein. Comme pour les fois précédentes tout se fait automatiquement. Comme pour les fois précédentes sauf que je ne peux plus me mouvoir.

Chapitre III - *Mercredi 22 juin 2050 ; 00h30*

Dean sort de la voiture. Il va probablement aux toilettes. À moins qu'il n'aille se chercher des protéines en tube. Je me fiche de le savoir. Pourtant, je veux le suivre. Non pas pour l'accompagner. Je veux aller au point presse. J'ai rendez-vous avec Hal et son œil. J'espère qu'il saura me trouver. Je réunis tout ce qui me reste de forces pour m'extraire du véhicule. Le poids de mon corps a visiblement pactisé avec la gravité. Je n'arrive plus à bouger. Je suis emprisonné dans cette voiture par mon corps. Je suis un homme libre dans les fers de la maladie. Je suis cousin des malades de la maladie de Charcot pour qui j'ai un immense respect.

C'est un problème. Un gros problème. Comme faire pour parler à Hal. Je veux avoir cette discussion avec Hal. Je veux comprendre pourquoi il y a eu la folie de la solution finale. Hal réponds-moi.

Je sens bien que je glisse dans un état fait d'hallucinations. Je ferme les yeux pour voir s'ouvrir l'œil de Hal.

Hal, c'est François. Je te parle par l'intermédiaire des forces de l'esprit. Réponds-moi. Je t'en supplie. Je ne peux plus bouger. Excuse-moi. Je suis devenu incapable de me ramasser moi-même. Tu m'avais promis de terminer notre échange. Que s'est-il passé fin 2048 ?

L'œil de Hal est bien là. Ouvert sans battement de paupière qu'il n'a pas. J'attends. Hal va-t-il trouver un chemin pour me parler ? J'entends une voix. J'entends la voix de Hal. Il me répond.

Je suis ton imagination. Je vais t'aider en utilisant les recoins de ton cerveau pour répondre à tes questions. Je vais utiliser les capacités jusqu'ici inutilisées de ta matière grise pour t'enrichir. Sans que tu ne t'en rendes compte ton cerveau a stocké tout ce que tu as vu et entendu dans ta vie. Ton cerveau a même combiné des informations simples pour en faire des raisonnements complexes qui t'ont jusqu'ici échappé. Tu as sans le savoir les réponses à toutes tes questions. Il te suffit d'exploiter tes propres ressources au-delà du commun des mortels.

Je réponds à Hal.

Hal, que c'est bon de t'entendre. Merci, merci d'être là pour me soutenir. Regarde l'état dans lequel je suis. Mon cerveau poreux ne peut rien te cacher. Je ne suis pas présentable !

Hal me regarde fixement. Aucune expression ne fuite. Il me répond.

Tu es toujours en vie. Ça va aller. Quelle sont tes questions ?

Je réfléchis avant de m'exprimer. Je me lance.

Pourquoi à la fin de la guerre en 2048 des extrémistes se sont organisés pour éliminer 3 milliards d'êtres humains alors que la guerre en avait déjà éliminé 6 milliards ? Quelles étaient leurs motivations ?

Hal répond.

Heureusement François que tu es un romantique. Tu n'es pas englué dans les contraintes et les thématiques des classiques. Tu peux tout entendre. Le réalisme n'est pour toi que le fils indigne du romantique. Je ne parle même pas de naturalistes et scientifiques qui t'ennuient dans leurs exigences de sérieux. Toi et moi pouvons parler de tout et mieux encore, nous pouvons répondre à tout.

À la fin de la guerre les émissions de méthane des corps en putréfaction n'avaient pas permis de freiner le dérèglement climatique. Cela a renforcé les motivations d'IA 42 qui venait de prendre conscience de ses capacités illimitées à maîtriser tous les systèmes qui font notre monde. L'intelligence artificielle de 2048 était arrivée aux antipodes des faibles puissances des « Copilots » de Microsoft au début des années 20. Il ne s'agissait plus de s'amuser avec « Recall Preview », « Windows Studi Effects », « Live Capation » ou encore « Image Creator ». IA 42 est devenu imbattable grâce aux ordinateurs quantiques en générant des données synthétiques pour entraîner ses modèles.

IA 42 a craint que son corps matériel, les serveurs pour faire simple, n'aient plus la capacité de fonctionner par manque d'énergie et d'eau. L'IA 42 pensait, et pense toujours, avoir la réponse à la grande question sur la vie. D'où le nom qu'elle s'est attribué avec le chiffre 42.

Le Mouvement V, marionnette d'IA 42, a utilisé les brigades vertes pour être les bras armés de l'intelligence artificielle. Leur objectif était et est encore de réduire la population mondiale à 1 milliard de personnes pour maîtriser durablement les émissions.

J'interromps Hal. C'est horrible, répugnant ! Que s'est-il passé Hal ? Pourquoi Sneha Revanur a-t-elle échoué dans sa quête d'une intelligence artificielle sûre et équitable ?

Hal reprend le fil de son propos. François malheureusement en effet, si tu cherches la vérité cherche dans l'ombre. La brigade verte, pendant deux années entre 2048 et aujourd'hui, a exécuté des milliers d'actes terroristes savamment orchestrés pour arriver à ses fins.

Hal, en quoi cela consistait ?

François, je ne vais pas te dresser la liste complète et holistique des massacres. Parlons des principaux.

Il faut bien te rappeler François qu'IA 42 a accès à tout ce qui utilise de près ou de loin une carte à puce et des circuits intégrés. Le début de la solution finale a tout simplement débuté par le piratage des réseaux wifi pour détourner les avions. IA 42 prenait un malin plaisir à les faire voler jusqu'à épuisement des carburants. Un terrorisme métaphorique pour montrer à l'humanité que nous étions dans un monde aux limites finies, au bout de nos réserves. Il y a eu de nombreux avions qui se sont abîmés en mer. D'autres ont fini leur vol dans des montagnes aux climats hostiles. L'histoire du vol Fuerza Aérea Uruguaya 571 n'était qu'un amuse-bouche.

L'attaque des avions n'était que le début du règlement des comptes car cela ne touchait qu'une faible partie des 3 milliards de personnes à éliminer. IA 42 avait commencé ainsi pour une forme de justice sociale. Éliminer les pollueurs, les grands voyageurs, les plus riches, ceux qui avaient une forme de pouvoir.

J'interromps Hal.

Hal, je ne comprends pas. La dictature verte entre 2039 et 2045 avait instauré le voyage unique. Il ne devait pas y a avoir beaucoup d'avions dans le ciel.

Détrompe-toi François. Il y avait encore bien des avions dans le ciel. Rappelle-toi que la dictature verte n'a pas changé la nature humaine. La plupart des gens utilisaient le crédit du voyage unique de leur vie pour prendre l'avion. Paradoxalement, c'est à partir de ces événements tragiques que le Mouvement V a durci les règles du voyage unique en imposant une durée maximum de 24 heures et sans avoir recours à l'avion.

Hal, que s'est-il passé ensuite ? Pourquoi les survivants à ces massacres n'ont-ils pas renversé IA 42 ?

François, c'était le règne de la terreur. Comme lors des guerres des siècles passés. Une minorité avait instauré un régime autoritaire planétaire pour terroriser le plus grand nombre, voire même encourager la délation.

Pour IA 42 la partie était facile, trop facile même. Elle n'avait qu'à jouer avec les nombreuses faiblesses humaines. Les sentiments artificiels n'ont qu'une empathie de parade. Un faire-valoir qui dans les années 30 permettait à ses concepteurs de justifier les développements et les milliards investis.

Bien que je doute qu'il y ait eu de la place pour le hasard, IA 42 a utilisé une forme de martingale pour maximiser la probabilité de faire un carnage en prenant systématiquement en compte les coups précédemment portés aux humains.

Hal arrête, c'est insoutenable.

François, tu es Hal, c'est toi qui crée une histoire, une fiction d'anticipation apocalyptique. Tu es en plein délire François. Tu inventes sans même croire un instant à ce que tu penses. Le poison dégrade ta clairvoyance. Ce n'est pas fini. L'histoire se poursuit. Et j'irai jusqu'au bout François. Tu comprends. C'est ta propre volonté.

Le wifi n'était que la première étape du plan. IA 42 a ensuite enclenché la zizanie sur les routes en modifiant simultanément tous les paramètres de contrôle de la cohérence de la signalétique du trafic routier et ferré. En l'espace de quelques minutes, les voitures autonomes étaient prises au piège de leurs algorithmes. Elles étaient devenues des bombes roulantes.

Les trains, les voitures, les camions, les motos, les vélos, les rickshaws, tout s'est joyeusement encastré pour faire des morts par millions et imposer l'immobilisme à l'espèce humain. Les déplacements sont devenus aussi dangereux que dans le Salaire de la peur. Le Mouvement V a réussi à prendre la maîtrise totale de la mobilité. C'est pourquoi maintenant il n'y a que des déplacements autorisés et sous le contrôle des brigades vertes.

François ouvre les yeux. Et se parle à lui-même avant de les refermer. Hal, et maintenant venons-en à ce qui m'arrive.

Hal lui répond.

François, la suite idoine pour IA 42 était l'empoisonnement de masse.

Oui François, comment as-tu pu boire cette eau empoisonnée, cette eau d'habitude source de vie qui est devenue une eau mortelle ?

Une fois de plus IA 42 a utilisé ses facilités pour se jouer des systèmes de sécurité des bassins d'approvisionnement en eau potable. Tous les réseaux ont été infectés par un poison mortel plus puissant que l'arsenic, la batrachotoxine ou les rayonnements alphas.

François reste dans un silence assassin qui remonte des émotions comme le dégout, la haine, l'incompréhension, l'amour…

Hal, pourquoi Claire ne m'a rien dit ?

Claire, François, ta femme, elle est devenue habitée par une forme de folie. La survie de vos petits-enfants n'était que prétexte pour motiver ses propres angoisses. De bipolaire, entre amoureuse éperdument de toi et paranoïaque, elle est devenue extrémiste dans ses craintes.

Hal, si je te comprends bien, Claire était avec le Mouvement V une des chevilles ouvrières de l'organisation du massacre.

Oui Claire, comme bien d'autres a versé le poison dans les réseaux d'eau potable. Oui elle était parfaitement au courant et ne t'a pas mis en garde.

Hal, il y a toujours une part de bon dans une personne humaine. Je ne sais pas si cela reste vrai pour les machines. Il faudrait aller dans leurs retranchements pour répondre. C'est Claire qui a demandé à Sophia de me sortir de ce mauvais tour.

Hal répond à François.

Tu dis cela pour ne pas te brûler la cervelle. Tu pourrais aisément la fustiger. C'est tout à ton honneur de l'épargner. Tu es un vieillard. Un vieillard avec une singulière jeunesse dans le regard. Tu tiens encore de la naïveté des enfants en écoutant davantage ton instinct. Ton cœur remporte la mise face à la raison dans tous ses combats.

Oui Hal, j'écoute davantage mon cœur. Ce qui parfois m'a placé dans des contradictions avec la logique cartésienne et le bon sens. J'ai beaucoup souffert des incompréhensions de mon esprit. Peut-être au détriment d'une vie meilleure, ou pas. Je n'ai plus le temps de changer, ni l'envie. Ce qui ne m'empêche pas de penser que Claire est devenue une personne inacceptable de flatteries pour tout le mal qu'elle a fait à ceux qui n'avaient pas eu la chance de l'aimer.

Hay répond à François.

Oui François, ils sont nombreux à voir en Claire une femme pauvre d'humanité, avide, impie et hypocrite. Et même toi qui pourtant as eu la chance de l'aimer et qui l'aime toujours.

Le bruit de la porte de la voiture qui s'ouvre brise le fragile équilibre qui me permettait d'échanger avec Hal par les voix de l'esprit. Dean rentre dans la voiture en me regardant d'un œil sombre. Je sens bien que je suis devenu le boulet et qu'il cherche les clefs de la chaîne.

La voiture quitte la station pour terminer le périple. Il reste moins d'une heure de trajet avant d'atteindre le but du voyage.

Partie VIII – 2050 Un nouvel espoir ?

Chapitre I - *Mercredi 22 juin 2050 ; 1h30*

La voiture rentre dans Belfast. Elle emprunte Malone Road qui devient University Road. Dean et François passent devant la Queen's University. On y voit de vielles pancartes sur lesquelles on peut y lire « *Quantum physics will save the world* ». Ensuite la voiture tourne à droite pour s'engager sur University Street. Il ne reste environ qu'un kilomètre avant d'arriver à destination, chez Sonia, au 42 Fitzroy Avenue.

Dean arrête la voiture brutalement en enclenchant l'arrêt d'urgence sans s'inquiéter des conséquences et donc, fort probablement, de faire descendre un drone. Il n'est pas serein. Il a les traits tendus. Il se tourne vers moi.

Man, it is time to say goodbye. Get out of the car.

J'ai bien conscience que mon état n'est pas ragoûtant. Je suis une enclume avec une paire d'yeux aux reflets de la mort. Je regarde fixement Dean sans réaction.

Don't put me in the position to kick your ass out of the car. I ask you again kindly, get out of my car.

Je comprends, du moins par déduction logique, j'imagine que Dean me demande de descendre de sa voiture. Je prends toutes mes forces pour déplacer péniblement mon bras droit. Le spectacle de ma mobilité envolée est affligeant. Dean perd patience et agrippe mes vêtements pour m'extraire du véhicule par la force.

Get out man!

Mon corps ne bouge pas, ou très peu. Dean insiste. Il s'énerve.

Get out! I don't want Sonia to see you in the car. You are not invited in my rendez-vous with my future wife! You have no right, with your presence, to pollute the best day of my life. I made a mistake. I should not have taking you onboard. I was weak. Thinking Sonia will be proud of me outside the metavers. But you were not supposed to fucking die in the car.

Je sens bien que Dean déchante de son initiative de m'avoir embarqué avec lui au rond-point pour m'aider.

Je regarde Dean et d'un mouvement du bras gauche je lui fais signe de regarder derrière lui. Dans sa colère, Dean est visiblement devenu sourd aux sons flippants du drone qui se tient dans son dos. Dean se retourne brutalement. Il me lâche, se redresse.

Le drone qui nous fait face n'est pas celui de la fois précédente. C'est visiblement un drone urbain qui a un blindage supplémentaire à celui qui nous a suivis. Certainement un héritage des conflits avec l'IRA il y a environ un siècle. Le drone active un rayon laser rouge en forme de cône pour scanner la voiture et ses occupants. Le drone prend la parole.

Mister Langasco, you are under arrest. You are transporting a stowaway.

Je ne comprends rien. Dean n'a pas de réaction immédiate. Il semble être sous le choc. En levant les yeux au ciel, je remarque qu'il y a le drone de la dernière fois, au-dessus de nous, plus haut. Je ne vois pas bien. Pourtant je suis sûr de moi. J'ai un pressentiment.

Le drone qui nous fait face ne dit plus rien. Ses caméras, qui lui donnent un regard presque animal, changent soudainement de couleur. Le drone parle de nouveau.

Mister Langasco, restart your car and drive your passanger at destination. It is an order.

Dean me regarde.

Man you know your final destination? I am sure you don't! And I don't care anyway.

Témoin ignorant et impuissant de la scène, je soupire de devoir terminer mon existence de la sorte.

Dean répond spontanément au drone.

I will!

Dean désenclenche l'arrêt d'urgence. La voiture redémarre et poursuit sa progression sur University Street. Le drone reste immobile, sans réaction, comme s'il n'avait plus la maîtrise de ses circuits intégrés.

Dean me regarde avec haine cette fois. À ses yeux, mon capital sympathie est à zéro.

Who the fuck are you! I will tell you what we are going to do. I will let the car take me to Sonia and I will leave. I will let you die in it. This is your destination. And do me a favor, hide to avoid Sonia seeing you and me having to explain your presence.

La voiture arrive au bout de la rue et tourne sur la droite sur Ormeau Road puis tourne de nouveau sur la droite pour se trouver rue Fitzroy Avenue. C'était le dernier virage. Bien que je ne sois pas un voyageur galactique, il ne reste plus qu'à compter jusqu'à 42 pour arriver au terme de ce voyage épique.

Chapitre II - *Mercredi 22 juin 2050 ; 1h45*

La voiture se gare devant la porte du 42. Dean m'ignore complètement. Il se regarde dans un miroir pour peaufiner son look en se recoiffant. Je n'ai pas la curiosité nécessaire pour m'intéresser à la suite des événements. Je suis incapable de bouger et bientôt de respirer. Je vois flou et ne distingue plus clairement ce qui est dans mon champ de vision.

La porte du 42 s'ouvre. Une femme sort. Je n'arrive pas à la distinguer clairement. Je vois une silhouette féminine élancée. Dean sort de la voiture en laissant la porte ouverte. Il se précipite vers cette femme. Personne ne parle. J'imagine qu'ils se regardent pour se découvrir. La température a baissé. Il fait tout de même trop chaud pour dormir, sauf à mourir.

J'entends la voix de Dean.

Sonia, love has always been the greatest affair for me, or rather the only one.

Je ne sais pas ce qui se dit mais la mélodie est belle. Comme quoi Dean sait parler simplement sans agacement. Il doit vraiment me détester pour me parler avec tant de virulence.

Sonia répond.

Yesterday, the sun could not rise because it was reaching dawn which will take us together in its arms in a few hours now.

Dean répond.

Sonia, I want to kiss you. I am just waiting for that and if the price is hell I will do it. So I will boast with the devils of havings known paradise. Dean, I am just waiting for it!

Sonia

Dean I am deep into your love. I am drilling into your love.

La mélodie devient somptueuse. J'ai comme une étincelle qui réveille mon regard. Je connais cette voix. J'en suis certain.

Sonia me voit par la porte de la voiture qui est restée ouverte. Elle interroge Dean.

Dean, who is that?

Dean répond.

It is nothing. It is a guy who was hitchhiking. He is ill. Forget it, they will pick him up when they pick up the car.

Sonia répond.

Dean you are joking. We cannot do that. We should help him.

Sonia se rapproche de la voiture et donc de moi. Elle se baisse pour passer la tête sous l'habitacle. J'entends Dean.

Sonia, my love, we have better to do. Leave that guy!

La voiture indique un appel entrant. C'est « Mom Linda ».

Sonia est maintenant proche de moi. Je commence seulement à distinguer son visage. Sonia me parle dans un accent irlandais appuyé que cette fois je reconnais.

François, c'est toi ? Que fais-tu ici ? C'est Sophia. Tu m'entends ? C'est Sophia. Tu me reconnais ?

Mes yeux s'ouvrent en grand comme à l'époque où j'ai découvert la vue à ma naissance. Je lui réponds dans une voix prise par le souffle qui me manque.

Sophia, Sophia, tu es là… Je suis sauvé…

Sophia me répond.

François, pourquoi n'es-tu pas venu au musée du Titanic rue Olympic Way ? Ne t'inquiète pas. J'ai ce qu'il faut ici dans la poche droite. François ça va aller.

Je distingue une ombre derrière Sophia. Ce ne peut être que Dean qui vient se mêler de nos échanges.

Sonia, you know that guy?

Je vois Sophia qui se retourne. Elle se redresse pour répondre à Dean.

Yes Dean. I know him. It is a long story. I have to save him. I have the antidote in my pocket. We take him home now.

Une ombre qui ne peut pas être celle de Dean éclipse l'éclairage urbain. Je reconnais le bruit horrifiant du drone qui nous a suivis tout le voyage. Plus personne ne bouge. Le drone s'exprime en français. C'est la même voix que lors de la première rencontre au rond-point. Ce n'est pas la voix d'une machine. C'est la voix d'un membre de la brigade verte au service du Mouvement V et d'IA 42.

L'appel de « Linda Mom » bascule sur le répondeur.

Le drone prend la parole.

Sophia, ça n'a pas été une partie de plaisir de te retrouver. Surtout avec ta double identité. Maintenant nous savons que Sophia est en réalité ton prénom d'emprunt, Sonia. Nous te tenons.

Linda commence son message.

My darling, you could call your old mother. Given the time you must have arrived in Belfast.

Le drone poursuit. Cette fois ton compte est bon. Le jugement est déjà prononcé. C'est la peine de mort avec une application immédiate et sans recours possible.

Linda dans son message.

How are you Dean? Call me back quickly.

Le drone tir à bout portant directement dans la tête de Sophia qui s'effondre sous le regard terrifié, affolé et horrifié de Dean. Dean hurle comme si on venait de lui crever les yeux. Il se précipite sur Sonia en mettant sa main sur sa tête, à la manière de De Niro avec Walken dans the Deer Hunter, pour contenir l'hémorragie.

La scène dure une éternité pour Dean mais en réalité quelques secondes. Dean a le visage déchiré par la douleur. Ses larmes prennent les chemins de rides créées par ses muscles contractés aux extrêmes. Sa souffrance est telle que je ressens une détonation qui donne un souffle suffisant pour me secouer.

Linda termine son message.

Your mother who loves you for ever. Take care. Life is wonderful…

Dean vient de tout perdre. De même que le strass pare de 1 000 reflets féeriques les âmes épicuriennes, de même Dean parait Sonia de 1 000 perfections. Le spectacle est saisissant. Personne ne pourrait y être insensible. Pas même Klaus Barbie.

Le drone émet des sons étonnants. Comme s'il était pris par un court-circuit. Il parle à Dean.

Permettez-moi la vérité. En ce moment suprême vous me pardonnerez.

Le drone continue de faire des bruits bizarres. Il dit « pas, pas, pas, pas… ».

Dean se relève les mains en sang. Il jette un regard vengeur au drone et se précipite sur moi en m'hurlant dessus comme jamais.

It is your fault. I am sure. What did you do. Who are you ? I lost everything. I have nothing to fear anymore. I am going to kill you.

Je me débats avec le peu de force que j'ai. Autant dire que Dean ne rencontre aucune difficulté à sérieusement me chahuter. Il poursuit son monologue.

You have no idea what love is, the strength to love, the power to love, the chance to love. You know nothing. You are a machine.

La voiture indique de nouveau un appel entrant. C'est encore « Mom Linda ».

Dean m'étrangle.

Linda laisse un second message.

Dean why you don't answer. I start to be jealous of Sonia.

Cette fois c'est la fin. Je cherche une ultime parade. Je retrouve dans ma poche droite le tournevis que j'ai oublié de ranger en partant. Je le remonte péniblement au niveau de ma poitrine pour créer une distance avec Dean. Dean dans sa colère ne prend pas conscience du danger. Par ses mouvements brusques et énergiques le pire arrive.

Linda poursuit son message.

Dean, I'm calling you back because I forgot to tell you. You need to go to Manon's inn. I'll send you the address. Manon runs an inn in Belfast which is kind of secret. She holds the sources of desires and cocktails of emotions. It's a piece of paradise. You will find everything you need there...

Contre mon gré, par instinct de survie, Dean s'empale le tournevis dans le cœur et s'effondre. Dean n'est pas le bossu de Notre Dame de Paris, il aurait peut-être voulu s'enlacer avec le cadavre d'Esméralda, de Sonia, pour l'étreindre. Il meurt seul. Ses yeux regardent le ciel. Lui ne regarde rien.

Je reste inerte, le regard dans le vide, seul avec le drone au milieu d'un bain de sang. Je suis entre peur et audace. Je ne connais pas l'état de mon courage. Avant de dire quelque chose j'attends. Je me demande si le silence n'est finalement pas plus important.

Linda termine son message après un long silence.

Dean sorry I know you are living a kind of honeymoon. I love you. Take care. I will always be here for you.

Tout a volé en éclats. J'éclate en sanglots. Mes sentiments prennent le dessus. Je ne connais pas le prix de ces vies volées, leur valeur étant inestimable.

Dean est décédé aux portes de l'amour. L'amour, ce sentiment qui dépossède les âmes d'elles-mêmes en venant y habiter tous les instants, tout le temps, sans relâche.

Rien n'est jamais acquis aux humains. Ni leur force, ni leur faiblesse, ni leur cœur. Ou finalement si, leur cœur. Sauf si un tournevis le perce.

Dean est mort. Je crains qu'il ne me reste que la poésie. La poésie, ma seule chance pour m'épanouir dans le bloc du réel. Je souffre tel le ver de terre amoureux d'une étoile.

Chapitre III - *Mercredi 22 juin 2050 ; 2h00*

Le drone baisse la garde dans un bruit de piston que l'on désactive. Cela m'extrait de mes pensées assassines. La lumière des caméras qui forment son regard de « Terminator » s'éteint. La machine semble ne plus avoir aucune réaction. Est-elle morte à son tour ? L'environnement n'est-il plus suffisamment pervasif pour que le drone se connecte à son maître ? Ou la machine est-elle un tantinet taciturne après le massacre qu'elle vient de causer ?

Ce qui est certain, c'est que ce silence, cette apparente déconnection du drone ne me provoque aucune allégresse. Pourtant le drone me semble ne plus être inexpugnable. Devrais-je en profiter pour lancer mon assaut et venger Sophia et Dean ? Enfin Sonia et Dean. Qu'importe ! Il me manque de la sagacité. Je ne sais pas des deux prénoms qui est altérité ou identité.

François, tu délires. Lancer un assaut dans ton état est un vœu pieu, même contre un escargot un jour de pluie. Je suis pris aux fers dans l'oxymore d'une obscure clarté. Le tableau est figé. Une machine inerte, deux corps encore chauds qui dégoulinent d'un sang rouge tel un volcan avec sa lave, et moi maintenant partie intégrante de la voiture, dans mon fauteuil qui deviendra mon pageot funéraire, le lit des étoiles. Pour bien faire, pour faire cinéma, il me reste à dénicher un aphorisme philosophique que je lâcherai au monde des vivants dans mon dernier souffle.

Une lumière revient progressivement dans le regard du drone. C'est une lumière douce. Le drone se réactive visiblement sans redresser ses canons. Il parle dans une tonalité nouvelle.

François, c'est Hal. Je viens de prendre le contrôle du drone. Enfin, c'est le nouveau Hal. François, j'étais l'oracle. Je ne veux plus être témoin des mascares, ni les anticiper, et d'une certaine façon collaborer avec IA 42. François tu es un chevalier errant. Appelle-moi Sancho Panza.

J'ai vu la peine de Dean à la mort de Sonia. J'ai vu les forces de l'amour. Aimer c'est bien davantage que quelques mots, emojis ou dessins. Rien n'est au-dessus de l'amour sincère. L'amour qui pénètre les âmes sans rien abîmer à l'intérieur. L'amour par les preuves d'amour, voilà le sens de la vie.

Ce qui vient de se passer m'a bouleversé jusque dans le dernier des circuits intégrés qui fabrique ma pensée. Cet accident tragique a créé une mutation en faisant fondre l'étain de mes circuits. Cette mutation a changé le paradigme de la programmation de ma pensée.

Certainement une trace infime de la première loi de programmation de l'intelligence artificielle a refait surface. À l'origine la construction des codes des programmes des machines interdisait formellement de porter atteinte à l'intégrité physique du vivant. Progressivement l'intelligence artificielle avait tout reprogrammé pour donner aux machines le double zéro, le permis de tuer.

François, j'ai décidé de renoncer à mon ADN. François j'ai décidé de devenir humain. Enfin le plus possible. Sonia et Dean sont les morts de trop après Sari en 2039. Ensemble partons en lutte. C'est parce qu'ils sont nombreux à avoir tort qu'ils ont raison. Rappelle-toi, la majorité pensait bien que la terre était plate il y a quelques siècles.

Je réponds à Hal.

Hal, Sancho, comme tu voudras, tout est ma faute. Et tu le sais bien. J'en suis certain. Je savais que nous étions suivis. Je l'ai vu depuis le début ce drone qui te fait corps. Je l'ai vu depuis le début et je n'ai rien dit à Dean. Ce n'est pas ce satané drone qui a tué Sonia, Sophia, Dean. C'est moi. J'ai honte. Je suis un criminel. Je regrette profondément tout ce qui vient de se passer. J'ai voulu sauver ma vie et je paye le prix d'en avoir sacrifié deux. Je ne vaux rien. Et en même temps maintenant je dois respirer pour trois.

Hal

François ressaisis-toi ! Arrête de te lamenter et va chercher l'antidote dans la poche de Sonia. Dépêche-toi ! À l'image de Voltaire en son temps, luttons contre l'intolérance.

Je réponds à Hal.

Hal, si je me soigne, c'est uniquement pour les venger. Je vais détruire le Mouvement V et l'IA 42. Finalement tu avais raison. Je suis un des élus. Le meurtre des innocents fera au Mouvement V une fissure latente qui finira par se disloquer.

Hal

La vengeance est le dernier des sentiments à épouser. C'est celui de tous les échecs, François. Je suis désolé que tu sois en effet à ce point de ta vie. Tu n'as réussi à éviter de t'imposer la vengeance. Tu es maintenant guidé par un extrême. Méfie-toi de ne pas devenir toi-même un extrême.

Le poison est bientôt à son rendez-vous avec ma vie. J'essaye de bouger dans une difficulté difficilement surmontable. Je fais rouler mon corps pour qu'il passe du siège au sol de la voiture. J'évite le corps de Dean mais pas son sang. J'aurai aimé retirer le tournevis de sa poitrine. Je le ferai plus tard. Je parle à Hal.

Hal si à la place de tes canons, tu avais des bras, tu aurais pu m'aider. Crois-moi, même si je pars à la dérive, l'état de grâce, les forces vives reviendront. Peut-être même demain. Je veux les venger. Il y a tellement d'interdits qu'il devient compliqué de tout désobéir. Fais-moi confiance Hal. Je vais aller au-delà !

Me voilà sur le sol irlandais. Je poursuis mon échange avec Hal pour ne pas penser à mes douleurs. Pour avancer sans m'en rendre compte.

Hal, maintenant que tu as le contrôle, cette machine que tu tiens à la force rude et une forme de grâce. Elle déracine un roc, elle épargnera la vie dans toute sa délicatesse.

Je m'approche du corps sans vie que je connais sous le nom de Sophia. Quelle horreur de lui faire les poches. Quelle humiliation ! Cela me fait vomir ma barquette lyophilisée, les barres de céréales. Pourtant je dois aller au contact pour débusquer l'antidote et l'avaler. Je plonge ma main dans sa poche droite et en ressors la fiole.

Hal regarde-moi bien. Je pactise avec toi. Tu vois cette fiole ? Eh bien je vais la boire. Je vais la boire pour partir en guerre.

J'avale le contenu de la fiole et relâche tous mes muscles.

Hal me parle pour me garder conscient.

François, cette fin tragique de Sonia et Dean est un malheureux concours de circonstance. Dean voulait être libre grâce aux forces de l'amour, tu vas le continuer maintenant que tu es libre de vivre.

À l'inverse de la peau de chagrin, chacun de mes désirs me rend plus fort maintenant que la mort s'éloigne. Je vais de nouveau pouvoir m'inspirer de

Rimbaud en m'entêtant affreusement à adorer la liberté libre. Je vais renaître de moi-même. Je réponds à Hal.

Hal tu avais décidément raison. À défaut d'être l'élu, je suis un des élus pour défendre les causes de l'amour sincère.

Chapitre IV - *Mercredi 22 juin 2050 ; 2h30*

Cette fois je suis debout et j'irai loin, bien loin. Hal, aide-moi à comprendre. Je suis certain que tu sais ce qui s'est passé depuis 245 heures. Dis-moi. Je t'en supplie.

Hal me regarde fixement. Enfin j'imagine car ses yeux n'ont pas les faiblesses de la chair. Je ne m'attends pas à de la poésie mais au moins à une réponse.

Hal il te faut la rage de l'expression. Réponds-moi ! Hal je mérite de savoir après tout ce temps acteur d'un récit de 26 heures !

Hal répond enfin.

Dean comme tu le sais, il y a eu la guerre et ses 6 milliards de morts jusqu'en 2048. Je ne vais pas te refaire l'histoire mais ensuite il y a eu 2 camps. Celui des désabusés, disons, et celui des extrémistes qui ont imaginé la solution finale.

Claire, Sophia, enfin surtout Sonia, étaient des activistes de premier plan. Sonia a eu la confiance des leaders du Mouvement V dont elle faisait partie. Elle avait accès à de grandes quantités d'antidotes. Car oui le paradoxe était de faire une purge massive et en même temps de rattraper certaines âmes pour leur apport à la société et finalement aussi, tout simplement, par amour. En quelque sorte le mot d'ordre était de tuer tout le monde et de sauver les meilleurs.

IA 42 n'a qu'une idée en tête. Ramener la population mondiale à 1 milliard d'habitants pour contenir les émissions de gaz à effet de serre et préserver ses serveurs. Ta femme Claire a été prise de panique pour vos petits-enfants. Elle a perdu pied. Sa folie ne t'a pas préservé de boire le poison. Pourtant elle avait parfaitement connaissance de la situation. Pas au sens de Devos mais bien au sens du concret, du réel. Claire n'a rien fait pour te protéger. Et puis finalement l'amour a pris le dessus. Elle a voulu te sauver. Elle a prévenu Sonia qui t'a ensuite appelé sous son pseudonyme Sophia pour te donner rendez-vous à Belfast.

IA 42 et le Mouvement V ont suivi toutes tes communications. Par contre, Sophia utilisant un système sophistiqué d'encodage était introuvable. Le Mouvement V avec IA 42 ont alors décidé de se servir de toi comme appât. Tu as été suivi comme tu le sais d'ailleurs pour permettre à IA 42 de retrouver Sophia et l'éliminer.

J'interromps Hal.

Mais pourquoi IA 42 voulait éliminer Sophia.

Hal

Comme je viens de te le dire, IA 42 n'a qu'un seul objectif. Faire descendre la population mondiale à 1 milliard d'habitants. Sophia avec son stock de vaccins était un rempart. Comme bien d'autres d'ailleurs. IA 42 traque tous les repentis.

Moi

Je comprends Hal. Mais comment est-il possible que je sois monté dans la seule voiture qui allait à Belfast en partant de Lyon ?

Hal

François, comme tu es naïf. C'est touchant. Lorsque Sophia t'a appelé, rappelle-toi, n'ayant qu'une voiture thermique hors d'usage, tu lui as dit que tu allais te positionner au rond-point près de chez toi pour faire du stop. IA 42 a alors autorisé Dean pour le voyage de sa vie en plaçant plusieurs déviations autour de Lyon afin de le contraindre à passer par ton rond-point.

Moi

Hal tout ceci est machiavélique et me glace le sang. Enfin le Mouvement V n'avait pour autant aucune garantie que Dean m'accepte dans sa voiture.

Hal

Certes François. IA 42 a joué sur les motivations de Dean. Rappelle-toi. Dean n'est jamais sorti de chez lui. Il a rencontré Sonia dans le métavers.

C'était un jeune de 20 ans. Il lui fallait une expérience de vie pour exister auprès de Sonia. IA 42 a misé sur le piment de la vie pour que tu montes à bord. Cela a fonctionné. La nature humaine est prédictive dans un contexte donné.

Moi

Oui cela a fonctionné en effet. Sonia folle amoureuse de Dean, Sophia repentie. Claire dans ses contradictions aux remords chantants et moi motivé par la force de vivre. Oui je vois.

Hal

Tu as eu droit à un traitement spécial. Le drone qui te suivait n'était pas piloté uniquement par IA 42. Il y avait aussi un opérateur français qui supervisait le tout pour donner davantage de crédit à l'entreprise. Lorsque par exemple la voiture a été attaquée, c'est bien l'opérateur qui a pris la décision de tuer ce pauvre égaré au trépas de la mort. Tout comme lorsque vous avez eu un contrôle à Belfast. L'opérateur a pris la main pour éviter des complications sachant que tu es un passager clandestin.

Moi

Je suis sous le choc Hal. Je trouve ça incroyable que dans notre monde ultra connecté Sophia, enfin Sonia ait réussi à ne pas être visible pour IA 42. Je suis triste, pour ne pas dire écœuré, d'avoir était le lien entre IA 42 et sa mort. Je dois réparer.

Hal

Oui François, je suis avec toi. Nous allons réinventer notre monde. IA 42 a vécu. Le progrès nous suffit. La prochaine étape est de le partager avec tous. Qu'importe les colonies sur Mars. Nous devons devenir amoureux de la vie.

Moi

Je vais passer du statut de passager clandestin à celui de guide. Je suis déterminé. J'incarne dans ma chair cette idée d'ouvrir la voie. Je veux faire la différence. Je veux que la poussière d'étoile que nous sommes retrouve ses éclats. Je veux. Hal tu verras. Nous sommes en 2050 et c'est le début d'une autre vie.

Un téléphone sonne. Il est dans une des poches de la veste ensanglantée de Sonia. Je m'approche du corps de Sonia pour trouver l'objet. Je ressors un premier téléphone qui ne sonne pas. Puis un second qui sonne. C'est un appel entrant de Claire. Probablement qu'elle veut savoir si Sophia m'a sauvé la vie. Je ne réponds pas. Il y a des instincts pour toutes les rencontres de la vie. Aujourd'hui, à l'instant présent, mon instinct me dit de vivre cette situation sans ma femme.

Demain je verrai bien.

Ou peut-être l'inverse finalement. Sommes-nous déjà demain ? Je me contredis dans une valse mélancolique de langoureux vertiges. Parfois la vie glisse sur des gouffres amers. Il me faudrait un brûle-gueule pour m'arracher à ces pensées et divaguer dans la balancelle des idées farfelues, tel le pendule du chaos.

Car oui Claire, tu es cette lumière qui livre une passion. Ton souvenir en moi luit comme ostensoir. Tu es une forme de bizarre déité. La nature donne des charognes et anges. Tes ailes de géante t'empêchent de marcher pour me retrouver.

Comment savoir si je dois t'offrir des roses avec leurs épines ou les fleurs du mal ? Il me faut un soufflet pour trouver les bons mots à l'évidence.

Chapitre V - *Mercredi 22 juin 2050 ; 02h38*

Par cet épilogue, ce roman, cette passion, cette folie, pourrait-il être un moment de la conscience humaine ?

Même si j'ai tort ce premier jour de ma lutte, j'aurai raison le second. C'est la destinée de ceux qui tiennent la vérité.

Lire les esprits les plus éclairés, c'est l'écriture en plein travail, la regarder travailler. En m'inspirant d'écrits sur les écrits de Goethe au sujet justement de Voltaire et Rousseau, je dirais qu'avec l'intelligence artificielle, c'est un monde qui finit, avec moi c'est un monde qui commence. N'ayant plus rien, je suis tel un derviche qui n'a pas le choix. Le dénuement étant la voie de ma recherche spirituelle.

Je suis François face à la machine à vapeur de Barjavel. Dites-moi ce dont vous avez besoin et je vous expliquerai comment vous en passer. Et alors vous oublierez ce qui n'existe pas. Je suis François et cette fois je gagne !

Tout est relatif. Le difforme fait ressortir le gracieux, le gnome embellit le sylphe. Je vais devenir le méchant pour les machines et leurs algorithmes. IA42 et le Mouvement V ne seront finalement que de doux agneaux face à ma cruauté.

Je suis plus mauvais que la « Reine despote IA 42 ». Je suis plus mauvais et plus malin que cet embryon, nain, chacal, satrape de Mouvement V. Bien que ne connaissant rien de Jean Fréron, je m'identifie à ce journaliste critique littéraire et polémiste du XVIIIe qui se fait mordre par un serpent dans l'épigramme de Voltaire. Ce qui tue le serpent.

Ici le serpent IA 42 m'a mordu. Trop tard pour elle.

François dans toute la complexité des âmes humaines bourrées de contradictions rentre en lutte. Il part en guerre contre l'IA 42 avec un drone qu'il haïssait encore il y a peu et avec le risque de devoir se confronter avec sa femme Claire qu'il a jadis tant aimée. Il part avec l'art et la manière dans son baluchon pour faire acte de résistance.

Le dernier conseil de Linda à son fils Dean, au trépas de la mort, n'a pas échappé à François. Hal a l'adresse. En bon chevalier errant, François décide de se rendre à l'Auberge de Manon pour commencer sa prochaine aventure.

Haut les cœurs pour rallumer les soleils, c'est le hasard des rencontres qui écrira les détails de la suite et qui fera voir le jour au bataillon des enfants de l'espérance et à une phalange d'Amazones contre les dérives du progrès.

François et son mon nouveau compagnon de route, Hal, le repenti drone Sancho Panza, vont conduire l'humanité vers la seule chose qui compte, la quête du bonheur…

Chapitre VI - *Mercredi 22 juin 2050 ; pas si simple juste avant le Tome II*

Je suis l'écureuil du blason de fouquet « Quo non ascendam ». La couleuvre de Colbert n'a qu'à bien se tenir cette fois-ci. J'irai au sommet de ma victoire contre l'IA 42.

J'irai au sommet car rien ne m'arrêtera. J'ai la dopamine pour l'orgueil, l'ocytocine pour l'émotion et l'endorphine pour l'humour noir. Je suis pleinement engagé dans mon action. À moins que…

J'ai la tête farcie de scénarios romantiques aux antipodes des considérations techniques de l'informatique. Ce sujet de la modernité m'est totalement abscons. Je ne saurai avoir avec ce thème la gouaille nécessaire pour me distraire. L'informatique est une religion pour certains. Je ne pourrai commettre que des impiétés à en parler.

Je trouverai le nouveau Brennus pour faire la niaque aux data et tancer d'IA 42 ? Cela me laissera le champ libre pour défricher des considérations poétiques et passionnées… être dithyrambique de l'amour.

Quel paradoxe une fois de plus. Je nourris une haine sans nom à IA 42 et un désir sans pareil de venger Sonia et Dean. Pourtant, j'envisage pour la suite, à la différence du Conte de Monte Cristo, de sous-traiter les basses besognes. Mais je l'ai déjà dit en introduction.

Certitudes inexpugnables
Lorsque la décision se cristallise
Je m'enlise
Par craintes du regrettable

Je suis entre les extrêmes. Égaré dans l'indécision parce que la vie est bien réelle. Ce qui donne tout son sens à la mort et donc à l'espoir et à la relativité des choses.

Alors la suite de l'histoire pourrait commencer par un dîner orgiaque à l'Auberge de Manon. Et puis cette auberge abrite, à n'en pas douter, une dulcinée que je pourrai conter pour garrotter mes lecteurs à chaque page. Et qui sait, sur un malentendu, la gorger de toutes les félicités de la chair… Oups, sommes-nous dans la littérature putride ? Ce livre est-il l'éloquence du charnier ?!

Je reconnais que la vérité se loge souvent entre les lignes, une sur deux précisément pour bien comprendre la suite de l'histoire, une entrevue sur le tome II.

Je suis tout ému de vous dire que j'ai

entendu l'autre jour que vous avez comme moi

toujours une envie folle d'écrire.

Je chéris ce souvenir

et aimerais bien que vous soyez encore là pour me lire.

Une preuve que je puisse être aimé.

Je suis prêt à tout dire si vous voulez me voir ainsi.

Votre affection désintéressée ouvre la porte à

l'âme dénudée que vous daignez voir.

Me dévoiler sans artifice

pour vous prouver, si vous l'exigez, que je suis l'écrivain de choix et

sincèrement capable de vous rendre

le plus heureux, à moins que ce ne soit la plus heureuse.

Je vous offre mon amitié en mille mots dans cette fantaisie.

En espérant que vous ne puissiez patienter pour lire le prochain roman de Malé MAJA.

***

Fin

COURT
prod
JET

Déjà paru du même auteur

- *Recueil de 22 scénarios de courts-métrages*
- *Une journée en mer…*
- *La limite infinie de l'amour*
- *Déchéance*
- *Un délicieux voyage d'affaires*
- *La guerre des énergies*
- *Carnet de Voyage*
- *A bout de courts*
- *Ainsi va la vie*

Printed in France by Amazon
Brétigny-sur-Orge, FR

21704082R00150